人生の十か条

辻 仁成
作家

634
中公新書ラクレ

はじめに

この世は常に生きにくい。でも、人間は生き切らないとなりません。心が折れそうになる毎日、陰口悪口が聞こえてきます。

ままならないこの世界ですが、少しでもままなるよう人生を全うしたいと人は願うわけです。ネガティブになりがちな日々ですが、どんな時も張り合いのある前向きな人生を歩んでいたいと思うわけです。

挫折する度、十か条が私を支えてきました。苦難に出会ったり、壁に突き当たったり、絶望した時、私は私のために人生の十か条を考案し、唱えてきました。

ソリューションはいくつもあります。目的地にたどり着くための道は一つじゃなく無限なのです。あの手この手の解決策を私は自分のために用意してきました。その数多の道こそが可能性と言えるかもしれません。

文明社会では十進法が採用されています。それは人間が指折り数えたことを起源にします。

「十人十色」「一から十まで」など十という数字は全部を表す比喩として多用され、十界、十方、十干、十徳、十哲など、十をひとまとめにして数える言葉は少なくありません。西洋にもモーセの十戒など、十が重用されてきた歴史があります。

一つの難問を解決するのに一つの解決策では足りません。けれどもこれらが十の束になる時、それは十徳となり難題を蹴散らします。

それほど人間には可能性があるという証でしょう。それくらいたくさん私たちには解決策があるということの譬《たと》えかもしれません。

私が難問にぶつかるたびに考えだしたこれら「人生の十か条」を一冊にまとめることにしました。一つの問題に対する十の心構えをまず提示し、その後、じっくりとそれらを説明していく。

同じように苦難と向き合う読者の皆さんが少しでも心を楽にして生き進んでほしいという願いが本書には込められています。十全を期して、この苦しい時代を乗り越えていきましょう。

つまり「人生の十か条」とは私たちに与えられた無限の可能性の筋道なのです。

目次

はじめに　3

幸運

運気を下げない十の方法　14
幸せ基本十か条　20
自分のために十か条　26

悩む

迷った時に心がける十の決断　34
今、あなたに必要な十のお願い　40
スーパーポジティブ十か条　46

人間関係

頭にきてもいちいち相手にしない　十の心得　52
つまんないを変えちゃえ　十か条　58
また裏切られないための　十か条　64

衝突

不意に攻撃された時の　十の心得　72
なんとなく嬉しくなる　十の言葉　78
親友とは　十か条　84

健康

父ちゃんが実践する　十の休息習慣　92
長生きするための　十か条　100
人が疲れる　十の理由　106

心

心を癒やす 十か条 114
もうだめだという時に効く 十の言葉 120
基本ネガティブなんだけど
前だけを向いて生きてる人の 十か条 126

老い

親が子どもに伝えたい 人生の十か条 134
今日をいい日にするための 十か条 140
むくわれない今を応援する 十の言葉 146

生と死

前向きに生きたい君に贈る 十か条 154
今日を元気に乗り切るための 朝が肝心十か条 160
辻式サムライの心得 十か条 166

感謝

今日を締めくくるための 十か条 174
気持ちを軽くするための 十か条 180
悪口に打ち勝つ 十か条 186

人生

幸せを知る 十か条 194
おかげ様の 十か条 202
人生の十か条 208

イラスト／山田全自動
本文ＤＴＰ／今井明子

人生の十か条

人生の十余

幸運

運気を下げない十の方法

その一。カッカするべからず
その二。帰る道を変えてみるべし
その三。マンホールの蓋は踏むべからず
その四。呆れるくらいのプラス思考で行け

その五。いくつか諦めてみるべし
その六。とりあえず寝るべし
その七。心のこもらないありがとうは言うべからず
その八。少し許してみるべし
その九。自分は運がいい方だと思い込むべし
その十。命を運ぶのが運命。気を運ぶから運気。運ぶべし

運気を上げる術

言葉自体はよく耳にしますが、「運気」とはいったいなんでしょう？

辞書によれば「自然現象に現れる人の運勢」などとされています。

時々、何か目に見えないものに動かされている、と思うことがありませんか？　宝くじが当たるとか、事故にあうとか、予期せぬ出来事がなぜ起こるのかわからないような時に、人は運気を感じるもの。

悪いことが続くと、運気が下がった、と思うでしょうし、逆にいいことが立て続けに起これば、運気が上がった、となります。「運命」は「命を運ぶ」ですが、「運気」は「気を運ぶ」と書きます。ある意味、気の流れなのです。気が気を運んできて人の流れを変えていると思えばわかりやすいかもしれません。

私は「運気を上げる」一番のコツは「運気を下げない」ことかと思っています。運気を下げているのはだいたい自分なんです。
「自分は運が悪い」とか「俺は運がない」と口にしていませんか?
一度そんな風に言葉にしてしまうと、残念なことに脳がそれを受け止めてしまい、「運が悪い」が決定してしまうわけです。自ら気を下げてしまっている。だから間違ってもそのようなネガティブなことは考えてはいけませんし、口にしちゃいかんのです。

言葉というものは恐ろしい。作家ですからね、言葉の恐ろしさはよく心得ております。しかし、これを逆手にとる方法があります。どんな状況になっても、ネガティブなことを言わなければ気の流れは下がらない。「俺はもうだめだ」と嘆かず、「きっと大丈夫」を口癖にしましょう。「まだいける」とか「ぜんぜん余裕」とか、ポジティブな言葉を吐き出すよう心がけることです。

もうだめ、が、きっと大丈夫、になるだけで運気は上がらないまでも墜落はしないと思いませんか? 「もうダメ、ぜんぜんあかん、ああ、終わりだ」となったら頑張っていた自分の気も萎えますよ。自分だけじゃない、周囲の仲間たちも支援者たちもがっかりして逃げ出します。

どんな状況であろうと「きっと大丈夫、まだいける」と思うことが大事。空元気で言うだけじゃなく、本気で思えば自身へのさらに強い応援メッセージとなります。

私の友人にポジティブ100%の女性経営者がいます。この人はとある投資で驚くような損をしたのに、「ああ、いい勉強になった。勉強代だと思えば安いもんだ」と豪快に笑ってみせ、同じプロジェクトにさらに倍のお金を投資しました。気の小さい私はその金額を見て、スケールが違うなぁ、と思ったものです。

「大丈夫、ぜんぜん大丈夫だから」とその人は笑っていました。ぜんぜん、大丈夫には見えなかったのだけど、最終的に彼女の前向きな言葉が彼女自身の運気を押し上げ、元手以上のものをつかんでいました。「運気を上げる」というイメージは運気を下げない行動の中にこそ宿る、前向きな気のエネルギーなのです。

私？　いいえ、私は信じません。運気なんてないと思っています。たまたま財布を落としただけですし、たまたま、お金を拾っただけでしょ？

けれども、敢えて、「運気を上げる」と口にするのは、負けそうな自分を鼓舞するのにわかりやすいからです。「よし、運気上がったぁ！」と思うと何かいいことが続きそうな気がしませんか？

それは別に「運気」という記号が呼び寄せている幸せじゃない。運気が上がったと思い込んだ自分が、自分を発奮させただけのこと。その言葉が周囲をその気にさせた結果なのです。うぬぼれると猿も木から落ちます。しかし、犬も褒めれば木をかけ上がり、豚もおだてりゃ木に登る、というわけです。

え？　こういうことわざありませんでしたか？　あはは、ならば作ればいいんです。自分を盛り上げるのは自分自身なのですから。

最後のひとこと。

「『もうだめだ』じゃなく『きっと大丈夫』」

幸せ基本十か条

その一。自分を不幸と思うべからず

その二。不平愚痴に不幸は近寄るなり

その三。幸せな人たちに紛れ込むべし

その四。小さな幸せかき集めるべし

その五。一人きりを避け、自己否定の禁止
その六。楽しいこと計画すべし
その七。暗い歌口ずさむべからず
その八。明るい未来イメージすべし
その九。不幸に慣れるな
その十。不幸そうなものが近寄ってきたら
笑顔バリアー発動

運は自分が運ぶもの

「運」とは「巡り合わせ、定め」のことですね。「運」という漢字は運ぶ、運送の「運」と同じ字。ですから、「運」というものは誰かが運んでくるものじゃないでしょうか？　もしくは「運」は自分が運んでいるのかもしれない。

幼い頃、小生は辞書を眺めながらそのように考えました。


運がいいね、と誰かがいいます。悪い気がしませんが、この「運」はいつどの瞬間にやってきたのでしょう。運のいい人というのは楽観的な人に多い気がします。

運を呼び寄せる人というのは、最初からいい運だけを見ている。言い換えれば、運がやってくることを疑わない人です。

運がないと言い続けている人は「運がない」と言い続けたからこそ運に見放されてるんじゃないかな、と少年ながら思ったことがありました。

きっとそういう大人が周りに多かったんでしょうね。

「大丈夫、絶対なんとかなるよ」と、どんな逆境にいても言い続ける人がいます。この根拠のない確信こそがその人に「運」を運んでいるのかもしれない。

「うまくいかないのはすべて世の中のせいだ。俺は間違ってない」という人にいったい誰が「運」を運ぶでしょう。ということは、「運」は「運」じゃなく、人間が自ら引き寄せているもの。そう考えるとちょっと未来が明るくなりますね。

自らの力で運を切り開く。運気を上げていきましょう。

「運命」という言葉があります。これも巡り合わせのことですけど、「命」が付く分、重い印象がありますね。命を運ぶわけですから、つまりは我々人間のことじゃないでしょうか？

いいことも悪いこともあるってことかな、と小生は中学生の頃に気が付きました。

運命以外に人間の将来を動かすものがあるはずだ、これが努力であり、熱意なんだ、と。それでもダメな場合は運命のせいにすればいい。

つまり、運命とは結果なんだな、と小生は青年になりかけた頃、このような境地にたどり着くことになります。

すべてを運命のせいにしてしまうことの危険はあります。

運命が先か努力が先か、ということかな、と大学に入る前に小生は思いました。今、自分に与えられた場所や肉体や能力を最大限に駆使して、この運命と対峙することは、実は逆に、楽しいことじゃないのかなって。

運命は定めですから、もうダメだ、と思えば、もうダメでしょう。運命は命を運んでいるということだから、うまく運べば違う運命に出会えるかも。

そういうものだと思えば、恐るるに足りない。

不意に訪れる事故も確かに運命です。「運命には逆らえない」というのは本当だと思います。本当だからこそ、小生はわずかな可能性を信じて努力をし続けよう、と大人になった今、悟ったのです。

たぶん、死ぬまで、運命と本気で向かい合うつもりです。いつか運命を手懐《てなず》けてやるぞ、ぐらいの気持ちで。

まだまだ、最後までわかりません。いくつもの小さな結果が積み重なって、一生となります。そして、一生の最後に訪れる結果こそが運命なのでしょうね。

最後のひとこと。

「人はせっせせっせと命を運ぶ運送屋さんなり」

自分のために　十か条

その一。嫌なら無理してやらない

その二。気疲れする手前でやめる

その三。自分を絶対犠牲にしない

その四。使い捨ての道具になるな

その五。利用されたらいけん
その六。だれの人生かと自問する
その七。後悔はここまで、もう必要ない
その八。苦しむことばかりが人生じゃない
その九。とにかくひたすら眠ること
その十。幸せになる権利がある

私の周りにいる人たち

今の自分というものは、たぶん、歩いてきた過去の道のりと自分を取り囲む人間たちによって出来上がっているのじゃないか、と思います。過去はもうどうすることもできないけれど、周囲の人間たちに関してはまだどうにかなるかもしれません。よく見抜くことが大事です。

いいやつだと思っていた人間が実際には悪い影響を与えていることもありますね。その場限りで調子のいいことを言う人間は大勢います。

そういう人間に自分の大切な未来を真剣に相談してしまったらどうなるでしょう？適当な、無責任な、いい加減な返事をされたらたまったものじゃありません。

とくに弱っている時、いいことを口にする人間にすがる傾向があります。
そういう時にこそ注意をしなければならない。本当に自分のことを心配する人間はむしろ「いいこと」は言わないのではないか？　逆に苦しい時にこそ、本当のことを助言してくれるのではないか？

しかし周りを見れば、一緒になって人の悪口をいい、面白おかしくけしかけてくる人間ばかり。

なぜか？　自分には関係のないことだからです。そして、人が傷つくのが面白いのでしょう。深い意味もなく、適当な助言をして、その場で薄っぺらいカタルシスを手に入れているような輩に囲まれたら、いったいどうなりますか？　たまったものじゃありません。

でも、そういう友達を招いているのは自分自身なのです。そういう人間関係を自分の周囲に配置したのはほかでもない自分です。

私はよく息子に「パパは人を見る目がない。イエスマンばかりを傍《そば》において、裸の王様になっている時があるね。気を付けたほうがいいよ」と言われます。

やれやれ。

そして、私が傷つくと、息子は、「身から出たさびだよ。仕方ない」と偉そうなことを言います。でも、ここ数年を振り返る限り、息子の言っていることは間違いではありませんでした。私の周囲では息子が一番苦言を惜しまない人間のようです。でも、まだ子ども。子どもに大人のどろどろした話はできませんね。

時々冷静になって、自分を構成する周囲の人間たちについて考えを巡らしてみるのもいいかもしれません。友達や仲間や知人を疑うわけではなく、その星の配置、配列を俯瞰してみる必要があるでしょう。

配置された星の性格がわかれば、配置換えをすればいいのです。どの星の傍にいるべきか、どの星から遠ざかるべきか、という具合に。苦しいことが続くな、と思うのであれば、今の星の配置、配列がよくない可能性があります。

運とかツキというものは人間が運んでくるものです。たぶん、いい運というものは、悪い人間には運ぶことができません。悪い人間が運んでくるものは最終的に自分を滅ぼすものだったりします。それに飛びついては一巻の終わり。

さらに言えば、相手が自分にとって悪い人物か必要な人物かの判断は難しいですね。心底極悪な人間なんてめったにいないからです。

私がここでいうところの「悪い」は、犯罪者のような悪い人のことを指すわけではありません。悪い影響を持ち込んでくる人のことです。そして、その人たち、表向きは非常にいい人で、愛想がよく、世話好きで、いろいろとやってくれる人間だったりします。

そういう人は「いい人」にカテゴライズされがちですが、ここをはき違えると苦しいことが襲い掛かってくるのです。あの人いい人だよね、と素直に決めつけてはいけません。用心しなきゃならない。それは表面の問題に過ぎない。

私の親しかった友人のA氏は周囲にこのような人間ばかりを配置しました。そして、不幸になりました。周囲の人間たちに面白おかしく扱われてしまった。

彼の人生は壊滅的になったのです。私は調子のいいこと、都合のいいこと、その場限りのお世辞を言えなかった。苦言ばかり呈してしまい、最終的に煙たがられ、嫌われてしまいました。

彼は今頃後悔していることでしょう。でも、もう助けることができません。傍に置くべき友人の配列を間違えたのです。

最後のひとこと。

「自分が変われば世界も変わる」

悩む

迷った時に心がける 十の決断

その一。迷ったらとりあえずやめる
その二。本心に訊く
その三。失敗は成功のもとじゃなく失敗
その四。体調悪いなら決断しない

その五。相談しない
その六。もう迷わないと壁に貼る
その七。楽しい方を選ぶ
その八。財布と相談
その九。清水の舞台から飛び降りたら死ぬ
その十。成功より幸せを選べ

「なぜ？」が長生きの秘訣

息子を見ているとその疑問の多さに驚かされます。なんで？　どうして？　なぜ？　幼ければ幼いほどにこの質問が飛び交います。

ところが大人になると「なぜ？」の数が減っていきます。若い人ほどこの「なぜ？」が多く、大人になればなるほどに「なぜ？」が減る。多くのおじいさん、おばあさんたちは「なぜ？」と問わず、まるで世の中のことを悟っているかのようです。

つまり人間は年を重ねると、疑問を持つことが減るわけです。「なぜ？」と思うこともなくなれば、思ったとしてもそのことを追求しなくなる。疑問を抱いてもしょうがない、と一種の暗黙の諦めのようなものが生じているのかもしれない。

そこで私は気が付きました。もしかすると人間が長生きすることにこの「なぜ？」という疑問が重要な役割を果たしているんじゃないか、と。「なぜ？　どうして？」

と疑問を持つことが実は人間を生かす大きな原動力になっているのかもしれない、と。子どもがキラキラした目で「なぜ？」と周囲の大人に問いかける姿には確かに生きることへの初期衝動があふれています。「なぜなのか？」と疑問を持つからこそ、人は前に向かって生きていくことができるのかもしれません。

とある病院では、病室に摩訶《まか》不思議な抽象画を飾っているのだとか。患者さんはその絵を毎日眺め、この絵はいったい何を伝えようとしているのだろう、訴えているのだろう、と考えるようになるわけです。絵の意味を想像することで無意識に生きようとするのだとか。なるほど、と思いました。

仮にそこにキレイなチューリップのお花畑の絵が飾られていたとします。疑問は起きませんので、患者さんはその絵をただ受け止めてしまいます。

天国というのはまさにこのように美しいところだろうか、と逆に来世への期待を持つかもしれません。死を早めることに繋《つな》がるのかもしれない。早めないまでも、受け入れるメッセージとなるでしょう。むしろ、治る見込みのない、死を待つだけの人にはチューリップのお花畑の絵の方が重要かもしれない。

「なぜ?」というものは探求心のなせる業なのでしょう。探求心とは、探し求める心と書きます。探し求めなくなる時、人はすべてを受け入れ、受け止めてしまうのです。そうすることでその時点でのゴールが出現してしまいます。「探求」し続けることが人間には大事なのかもしれません。

実はもう一つの「探究」もおろそかにできません。こちらの探究は見極めること、研究のことです。探究心と書きます。探して究める心。究めるとは追究のことです。学問を究める、真理を究めるということ。

この二つの単語の違い? 求めるだけにとどまるのか、さらにそこからきちんと見極めようとするのか、の差があるようです。なぜだろう?と疑問を持った人が、その謎をとことん見極めようとするのが探究なのでしょう。

こうなると簡単に死ぬことができそうにないですね。謎の正体を暴くまでは死ねません。こういうことが人間を生かす力になります。

もっとざっくりというならばそれは「知性」です。知性というものは研ぎ澄ませば研ぎ澄ますほどに人の内部を豊かに広げていきます。頭がいいだけで、知性が欠落した人間がいますが、そういう輩はあくどいことをやるものです。

すぐれた知性には良心が宿ると思います。そう信じたいですね。

ここが人類にとって今後の重要な分岐点となるような気がします。まずは探し求めてみましょう。私たちの英知の先を。

最後のひとこと。

「頑張り過ぎず、とことんやらず、
ほどほどに生きて、まっとうしたい我が人生」

今、あなたに必要な 十のお願い

その一。一切人に気を使わないでください

その二。まずは落ち着いてください

その三。決して無理をしないでください

その四。考え過ぎないでください

その五。思いつめないでください
その六。少し休んでください
その七。自分に優しくしてください
その八。今は忘れてください
その九。一度諦めてください
その十。気楽に生きてください

潔く諦めること

どこかで人間は必ず諦めないとならない瞬間があります。

しかし、こと小生に関していえば、諦めるのが得意じゃなかった。諦めることは人生に敗北することだと思い込んで生きてきたからです。なので、絶対諦めない、が信条でした。「不撓不屈《ふとうふくつ》」が一番好きな言葉だったのです。

ところが最近、この考えを多少軌道修正することにしたのです。


若い頃は諦めないで、物事を先送りするだけの時間の余裕がありました。まだ、若い。貫いていけば必ず突破できると妄信していたのです。

しかし、ある程度の年齢に達し、時間が限られてくると、全てを完璧にやり遂げることよりも、もっと大事なことがあると気が付きはじめます。やり遂げたいことを優先し、そのほかは諦めよう、と思いました。はじめて諦めるということを自分に許した瞬間でもありました。

やるだけやったのだから、まずはそこを認めてやろう。そして、その場所を次の夢に譲ってやろう、と思ったのでした。

夢の引退みたいなことでしょうか。寂しいですけど、うやむやにするよりはいい。納得できます。

自分の限界を知って人ははじめて幸せを見つけることができる。しかし、こういう潔い諦めができたとき、集中力が増すのです。だからこそ、絶対に精一杯生きてみせる、と思うものです。自分を信じることと、現実と妥協することとの狭間で人は揺れます。

つねに、冷静と情熱のあいだ、なんですよ!!!

諦めることは、人生の後始末の中でも辛く、しかし重要な行動でしょう。

長い年月、屈せずにやってきた者にとって、諦めることは何より勇気のいる行動です。諦め、人生を整理することで、目標を絞り込むことになります。その時に大事なことは、引きずらずに潔く、ということ。そしてそれまでの人生に納得することです。大事な後始末の方法ですね。

それができたら、新たな目標に向かって、自分を集中させればいい。そういうタイミングは大なり小なり、人間には必ず訪れます。

そうですね、人間やはり、人生に納得することがとっても大事です。やるだけやった、とさっぱり納得できれば、次も見えてきます。固執せず潔く諦めたときに、次が満を持して出現する。そのようなシナリオがギフトのように、長い人生には用意されていたりするものです。

最後のひとこと。

「人はつねに冷静と情熱のあいだ。決めるのは自分なり」

スーパーポジティブ 十か条

その一。とにかく前しか見ない
その二。常に笑顔で切り抜ける
その三。絶対くじけない
その四。目標に向かって突き進む

その五。人の悪口は言わない
その六。嫌なことがあっても三秒以内に立ち直る
その七。過去は引きずらない
その八。やる気しかない
その九。くだらないことで悩まない
その十。愛に生きる

今を大事に生きなさい

一生というものは人間の数だけありますね。あなたも小生も人間はみな一生を与えられています。

でも、なかなか思う通りには生きられません。たくさんの後悔を持って生きたりします。後悔と反省のない一生もまたないわけです。

人が一生を生きはじめる時、誰もが人生の初心者です。生きながら、自分の一生をコントロールします。失敗や過ちのおかげで軌道修正することができます。最初から一生を上手に操ることのできた人はいません。

大きな失敗の後にはじめて小さな成功を手にします。徐々に失敗しないようになっていくのでしょう。

なんとなくここはおとなしくしていよう、とか、なんとなくこれは気を付けた方がいいだろう、とか、経験がやがていい教師になってくれるわけです。


そうやって人は一生を旅していきます。

時には冒険をします。失敗を覚悟して。

時には長い休暇をとります。人生を見つめ直すために。


最近、小生はちょっとだけ半生を振り返りました。すると、とっても幸せな時があったことを知りました。その時はそれが幸せだとは気が付かず……。

今、自分は幸せなんだな、と気が付ける人は幸せです。

小生は息子に言います。いいかい、今を大事に生きなさい、と。


その一生をどう生きるのか、それが難題です。

後悔はあっても恨んだり憎んだりすることのない、最終的には穏やかな一生を生きて終えたいですね。

人は毎日忘れて、人は毎日覚えていくのだから。
いつか訪れる最後の日まで、小生は自分に嘘をつかず、小生は自分に正直に、小生は自分の生にどっぷりと浸って、生きてゆこうと思います。

最後のひとこと。

「一つ生まれるから一生です」

人間関係

頭にきてもいちいち相手にしない十の心得

その一。復讐考えた時点で負けなり
その二。怒りはバネにすべし
その三。相手にする暇はなし
その四。同じ土俵に上がるべからず

その五。人は気にせず我が道を極めるべし

その六。自分が輝くことが一番の仕返しなり

その七。清々しく生きよ

その八。精進するべし

その九。笑って先へ進むべし

その十。今日を精一杯生きたれ

同じ土俵に上がるな

どうしようもない言いがかりを受けることがあります。

人間生きていれば火の粉、とばっちり、矢も降ってきますね。普通に生きていても喧嘩《けんか》をふっかけられることがあります。

災いというものは思わぬところからやってくるものです。しかもだいたいは非常にくだらないレベル。なぜか、小生はよくそういう被害を受けます。


「同じ土俵に上がるな」


小生はつねに自分にそう言い聞かせています。

ひとたび、その土俵に上がったなら、結局は同じレベルになる。向こうは引きずり下ろしたくてうずうずしているわけです。ならば相手にしないこと、高い土俵に上がれ、です。

人間の一生には限りがあります。くだらない言いがかりにいちいち反論する暇はありません。自分とは違う次元の話だと思うに越したことはない。

けれども、人間、時には低い土俵に上がらなければならないときもあります。執拗に攻撃され、それが愛する者や人間の尊厳に及ぶ場合ですね。

そういうときは「命がけで戦え」と自分に命じます。

めったにありませんが、一生で何度かそういうときも巡ってきます。

本気で戦う人間に、くだらん連中が勝てるはずはありません。真剣に生きる者は強いのです。


そもそも、火の粉が降るような土俵に自分がいたことも問題です。

よく考えるとわかることですが、自分にも多少の非があるのです。自分の中の慢心とか傲慢がそういう輩を引き寄せたわけですから。一割は自分にも責任があるのだから、この話はここまでにしよう、と。

割り切るといいますが、割って切る、のです。割って切った悪い部分をそこに捨てて、次の土俵を目指せばいい。

一生は短いのに、そんな世界で何をぐずぐずする必要がありますか？　笑って切り捨て、出発すべきです。

しかし、こういうことは繰り返します。学習できる人は同じ過ちを何度も繰り返さないものです。

本当の反省とは外に対して言葉で謝ることじゃありません。本当の反省は自分を内部で変えることでしょうね。

反省の詳しい語源はわかりませんが、振り反《かえ》って省みる、から生じていると思われます。ドイツ哲学などの「反省哲学」が語源という説もあります。

自分を振り返るとき、人間は哲学を持ちます。本当の反省を持った人だけが前に進めるのかもしれませんね。

同じ土俵に上がらず、なぜこのような連中が現れたか多少反省する。

なるほど、人生、後始末が、大事です。

最後のひとこと。

「同じ土俵に下りず、高い土俵に上がれ」

つまんないを変えちゃえ 十か条

その一。そうだ、人生を少し変えちゃえ

その二。やらされてるならやめちゃえ

その三。嫌われたって自分を前面に出しちゃえ

その四。いい人になるのやめちゃえ

その五。帰る道変えちゃえ
その六。飲み仲間変えちゃえ
その七。人間関係変えちゃえ
その八。全部変えちゃえ
その九。たまにはバカしちゃえ
その十。自分のために生きちゃえ

いい人になるな

「あの人はいい人だ」と言われる人たちがいます。でもちょっと待て。「いい人だ」と言われて喜んではいけません。

無責任な他人に褒められる時、私たちは用心をしなければなりません。「あの人はいい人だ」という時の「いい人」とはどういう人か一度考えてみるのがいいでしょう。

まず、「いい人」というのはみんなにとって「人畜無害な人」「可もなく不可もない人」なのです。あの人はいい人だよ、ということはつまり敵でもないし、いてもいなくても困らない人間ということになるでしょうか。同じような意味で「どうでもいい人」なのです。

それはつまり「どこかで信用されていない人」なのかもしれません。もっと言えば「利用されている人」であり、「都合よく扱われている人」でもあり、「逆らえない人」「なめられている人」なのです。

「利用されやすい人」ということになるので「いい人だね」と言われたら気を付けてください。利用されやすい人というのはつまり、「断れなくてストレスが溜まりやすい人」でもあるからです。

いい人だと思われたいから「八方美人」になり、いろいろと仕事をふられてストレスが溜まっていきます。なぜ断れないのかというと「自分がない人」だからに相違ありません。そもそも自分が強くあれば、引き受けたりしません。たとえ嫌われたとしても自分を大事にできる人でありたいものです。

なので、私は「いい人」という他人の言葉を素直に受け取りません。喜ばないようにしています。

「あの人はいい人だよ」と何気なく言われてしまう人というのは、確かに「いい人」ではあるが、強力な個性がある人ではないでしょう。いいことばかり言ってくれるので、何となく弱っている時には便利です。

しかし、本当に立ち直りたい時には不必要な人でもあります。人間は苦言を呈してくれる厳しい人を最後は求めるもの。いつも、どんな時も「いい人」というのは、ある意味で信用できなかったりします。言うべき時には〝がつん〟と言ってくれる人間の方がよほど信用できます。

私はそういう人間を信じています。嫌われても本当のことを言う人の方がよっぽど人間味があるからです。いつもいつも笑顔で、なんとなく優しいだけの人の傍にいても成長しません。むしろいい人で居続けるためにすべての人にバランスよくいい顔をしないとならないから、本人はストレスが溜まって大変です。

ついでに言えば、私の知り合いの「いい人」は、いい人で居続けるストレスからか時々陰で人の悪口を言いふらしています。その時の本当の顔が恐ろしい。

普段から嫌われても構わないので本当のことを言い続けている人は確かに毒が強くてとっつきにくいけれど、裏表がないので、本当の意味ではいい人だったりします。うわべだけでは人の良さはわからない、ということかもしれません。

ある人たちが誰かの噂話をしていました。「あの人はいい人だよね」と最初は褒めていても、暫《しばら》くすると「でもさ、なんかなんにもない人なんだよね。いつ話をしてもいい人以上にはならないんだもの。退屈で面白くないよね」などと悪口に発展していることが多い。

自分をしっかり持つことは確かに力のいることで、ある人たちからは嫌われることも覚悟しないとならないでしょう。けれども、人に嫌われている人はそのほかの人からすごく好かれていたりもします。

それはつまり、どうでもいい人間ではないということです。どうでもいい人になるくらいなら、嫌われたとしても、自分らしく生きる正直な人でありたい。

半分には嫌われるかもしれないけれど、一部には愛される人間の方がいい。みんなにいい顔をするから疲れるので、そんなことに振り回されないで自由に生きたほうがいい。

「あの人はいい人だ」と聞こえてきたら、私は即座に悪い人を目指すことにしています。

最後のひとこと。

「あの人はいい人＝どうでもいい人」

また裏切られないための十か条

その一。相手が豹変したときの顔をまず想像

その二。約束はしない

その三。幸せなときに
ここで裏切られたらどうなるか想像する

その四。クールでいる

その五。孤独を手放さない
その六。疑うのではなく期待し過ぎない
その七。何事も時間をかける
その八。信じるときは覚悟する
その九。死ぬときは一人と言い聞かせとく
その十。愛と向き合う

期待

人に期待し過ぎちゃだめですね。むやみにぽんと夢を他人様に預けてしまうようなものですから、期待通りにならないときの落ち込みと後悔といったらありません。だいたい私たちが抱える多くのストレスというのは、つまり期待したことが実現しないときに生まれるのです。

人に期待するというのは「あの人だったら、あれに違いない」と相手に押し付ける行為で、それは他人への依存といってもいい。期待イコール依存ですから、期待通りにならない時、人間関係もおかしくなってしまうわけです。

じゃあ、どうすればいいのかというと、期待ではなく信頼すればいいでしょう。「人に期待」というのは結果を待ち望むことであり、しかも人任せにするということになります。逆に、「人を信頼」というのは結果を待ち望むことだけじゃなく、結果が最悪ダメでも、そこへ至る過程や努力した他者を尊重することに繋がります。人に、と、人を、の差こそが、期待と信頼の差なのじゃないか、と思うのです。

それでも人間は他人に期待をしてしまいます。私も人に委ねて期待し、なかなか結果が出なくて辛い思いをしたことが何度かあります。

信頼の先にあるものは何でしょう？　期待の先にあるものが失望だとすれば、信頼の先にあるものは自信じゃないでしょうか。難しいかもしれませんが、まず人に期待するのをやめる。つまり、人に期待するから苦しくなるわけですから、期待しなければストレスがぐんと減るわけです。

そんなことできるの？　もちろん簡単ではありませんができると思います。他人に期待するから苦しくなるので期待は絶対しない。だから自分でやる。

他人を信じないのではなく、他人に押し付けるのをやめて、まず、もっと自分を信じてみる。自分を信頼するという方向に持っていくのです。つまり、結果がダメでも、それは期待じゃなく信頼ですから、また頑張ろうということになる。自分を信じて応援することが、自信という信頼に行きつく方法かもしれません。

他人に依存するから他人に期待をしてしまう。そして、期待が裏切られると自分のせいなのに人のせいにしたくなり、人間関係にひびが入ります。悪循環ではありませんか？

人に期待するのは、ひとっ飛びに結果がほしいからです。しかし、そもそもひとっ飛びに結果を出すというのは、それだけの無理を連れてきます。自分でコツコツ一からやるのが億劫なので、他人の才能や懐や力を利用しようという根性にほかなりません。これではいい結果は生まれないし、最良の人間関係は築けません。

この期待するという人任せ、運を天に任せるような期待を一度捨ててみるべきです。そして、大変でも自力でコツコツとまず自分を信じて進むしかありません。

才能や懐や力がないのでそれは大変な労力を要すると思いますが、自信がつけば期待以上の成果が得られるはずです。私は「期待し過ぎじゃないか？」とよく自分を戒めます。期待する自分を恐れるというのも一つの手かもしれません。

期待して何か成果が出たか、思い返してみてはいかがでしょう？　期待してがっかりした記憶の方が圧倒的に多いはずですから。そのくらい期待というものは叶わないものなのです。

人に期待して叶わない時に生じる失望や落胆が人の人生をおかしくさせます。人に期待はしない。自分を信頼する、が一番正しい方法かもしれません。第三者と一緒に何かを始める時も、「期待しています」と言わないで「信頼しています」と言うと、まず自分自身が気楽になるものです。

最後のひとこと。

「信頼する気持ちは愛です。期待する気持ちは欲望です」

衝　突

不意に攻撃された時の十の心得

その一。そいつの暇つぶしの標的になるな

その二。そいつの自慢話のネタにされるな

その三。そいつの踏み台になるな

その四。そいつの寂しさの犠牲になるな

その五。そいつの出世に利用されるな
その六。そいつの愚かな虚勢に組み込まれるな
その七。そいつのはけ口になるな
その八。そいつは無視でよい
その九。そいつは暇なんだ
その十。己は清く正しく生きたらよい

私にも敵はいない

「どうしても許せない」というのは、人間ですからね、あります。

「だって、どうしても許せないんだよ、あいつだけは」

その気持ち、なんとなくわかります。別に許す必要ないんじゃないか、と思いますよ。本当に頭に来たなら、一生許さなくていいんです。許さなきゃならないと思うのは日本人的思考です。


フランス人は一度許さないと思ったら、そこで終わります。終わるわけですから、引きずらない。これは素晴らしい発想だと思いませんか？

一度こじれると仲直りというのは皆無なのです。縁が切れることになり、復縁はほぼありません。これがフランス流です。

日本だと、こじれにこじれて、ねちねち考える。いかんですな。

フランス人はもっと残酷ですよ。バサッと切ります。恨まないけど、もう相手の存在も見ない。彼らは仲直りを模索したりもしません。その分、ストレスを抱えることもないわけです。

どっちがいいですか？　ねちねち考え続けるか、一生見ないか。

うーん。

二度と交わらないことなんかできるの？と思うのですが、できちゃうんです、フランス人には……。

彼らはストレスを抱えないことに関してプロフェッショナルです。日本人的には難しいことですが、許せないものを無理して許す必要はないでしょう。

フランス人は「セラヴィ（それが人生だ）」とつぶやきすべてを解決します。これはフランスで小生が学んだことです。

しかし小生は日本人ですから、許せなくても、仲直りは模索します。そこは日本の「和」の精神を尊重したいですね。

相手にも言い分がある。こちらにも言い分があります。仲直りはできる。あなた次第です。そして相手次第ですね。許すか許さないかではなく、認めるか認めないか。

小生はこのことを日本で学んできました。

ノーベル平和賞を受賞した民主派作家で人権活動家の劉暁波《リウシアオポー》氏が、二〇一七年に亡くなられました。劉氏の「私には敵はいない」という言葉が心に焼き付いています。この一行を目にした時、涙がこぼれました。小生はこのことを劉氏から学んだのです。

胃に穴をあけるような毎日を生きるより、青空を見上げて、先へ進んでいくのがよくないですか？　あなたの一生は、あなたのものです。

最後のひとこと。

「終わりよければすべてよし」

なんとなく嬉しくなる　十の言葉

その一。お疲れ様、頑張ったね

その二。ありがとう、感謝します

その三。久しぶり、元気そうだね

その四。ご馳走さま、美味しかった

その五。必ず実現させましょう
その六。よい一日をお過ごしください
その七。また連絡する、元気でね
その八。夢が叶いますように
その九。絶対大丈夫だから、心配しないで
その十。パパ、行ってきます

言葉に心を込めて

言葉にしなければ通じないことって多いです。でも過剰な言葉が人を殺すこともあります。

言葉は難しい。けれど、言葉がこの世界を作っているのも事実。

人間関係は言葉一つでどうにでもなります。不用意に使った言葉が命取りになったり、選び抜いた言葉のおかげで命拾いしたり。

思ったことをきちんと言葉にする練習が大事です。

細かいニュアンスによって同じ言葉でも意味が変わります。

「言葉尻を捕らえる」といいますね。他人のささいな言い損ないにつけ込み、攻撃や批判をすることです。

つまり言葉尻とは失言のこと。

それはちょっとした言い間違いが原因です。言葉というサーベルをうまく操れないからです。

この言葉という生き物は扱い方を間違えると諸刃《もろは》の剣となります。言葉を選んで慎重に使うことが大事ですね。

政治家が失脚する原因の一つに失言があります。なんてつまらないことで人生を失うのか、と思います。うぬぼれや思い上がりがそういう軽々しい言葉を生み出すのです。言葉尻こそが大事です。

そのためには真心を込めて言葉を紡ぐ必要があります。言葉には言霊《ことだま》が宿っています。正確には心のこもった言葉に言霊は宿るわけです。

言霊の宿った言葉をたくさん使うことが運気を上げることに繋がるだけでなく、発した人の人生を豊かに広げていきます。

いい言葉は発した人を正のスパイラルに導く。

言葉は自分を殺す道具にもなりますが、自分をよく生かすための天使の翼ともなります。

毎日、人の悪口を言っている人がいます。そういう人の周辺に幸福はあるでしょうか？　よく見てみてください。同じような連中しか集まってきませんね。「類は友を呼ぶ」という言葉があります。心がけていい言葉を使ってみると変わります。そういう人には同じような志の人が集うものです。

陰湿な沼地で人は生きてはいけませんよね。青空を見上げて清澄な気分で生きたい。ならばまず澄み渡った言葉を選ぶのが最善の方法です。その言葉が自分を明日救うことになるのですから。

最後のひとこと。

「心のこもらない『ありがとう』に言霊は宿りません」

親友とは　十か条

その一。たまに会ってもいつも同じ安心感

その二。損得に関わらない

その三。建前でなく本音で話せる

その四。気持ちを察してくれる

その五。裏切らない
その六。成功を自慢できる唯一の相手
その七。辛い時、真夜中に電話しても怒らない
その八。苦しい時に苦しいと打ち明けられる
その九。幸せなことを見抜いてくれる
その十。生きにくい世界の導く光

心友と親友について

この頃、息子とよく向かい合って話す機会が増えました。

今の息子は思春期であり、反抗期の入り口。難しい年ごろなのですが、うちは去年よりも会話が増えました。それはとってもいいことだと思っています。

腹を割って話す、と言いますが、近くにいるからこそ、語り合うことが大事。でも、偉そうにしてはいけないし、説教臭くてもいけません。とにかく自然じゃないと。彼はバレーボール部員なので、夕飯前に必ずバレーの練習に付き合います。近くの公園でサーブとかレシーブのコーチをするのです。ま、「なんちゃってコーチ」ですけど、汗を一緒に流すことも大事ですね。

練習が終わった後、一緒にご飯を食べます。こういう時に彼は学校で感じたいろいろなことを話し始めます。

最近は友達のことで思うことがあるようです。彼の悩みのほとんどは友人関係でしょう。

いいえ、息子は人気者なので、学校内で孤立はしておりません。でも、シャイですから、友人らの誘いなどを断ることも得意じゃないですし、クラスにはガキ大将もいれば、子ども派閥とか、いろいろと悩む要因があるわけです。


「パパが子どもの時、親友とかいたの?」

息子が訊いてきます。そこで私は紙と鉛筆を持ち出し、漢字で「親友」と、その隣に「心友」と書きました。

「一般的には親友を使う。でも、パパは小さい頃みんなが『しんゆう』と口にするのを、心の友のことだと思っていたんだよ」

すると息子の顔がぱっと明るくなりました。

「パパは友達が少なかったんだよ」

「知ってる。パパはちょっと独特だからね」

一本とられました。そういう時は微笑《ほほえ》んでみせます。

「パパはね、みんなに愛されたいと思ったことがないんだ」

すると息子が「なんで？」と訊き返してきました。

「八方美人という日本語があるんだよ。こう書く」

漢字の勉強です。フランスで生まれた息子にとってはちょっと難しい字です。意味を説明しました。

「みんなに好かれたいと思う人はみんなにいい顔をする。だから、本当の友達ができにくい」

「へえ」

「たった一人、本当の心友がいたら十分じゃないかってパパは思っていた。すぐにいなくなる友達より、生涯ずっと仲良しの本当の友達が世界に一人いればいい。友情というのは無理をしてみんなに合わせることじゃない」

息子が微笑みました。

「ぼくにはアレクサンドルがいる」

「その通り、でも、アレクサンドルがずっとお前の傍にいるとは限らない。遠く離れるかもしれない。でも、親友というのは素晴らしいんだ。時が経って久しぶりに再会してもなぜかしっくりくる。笑顔で向かい合えるし、落ち着くんだよ。それが心友というものだ」

いいね、と息子がいいました。

「仏教に、愛別離苦という言葉がある。こう書く」

息子はカトリックの学校に通っています。でも、仏教には関心があるようです。漢字を書いて意味を教えました。

「苦手な人ほど近くにいるもんだ。好きな人はなぜだろうね、いろいろな事情で離れていく。しかし、苦手な人すべてから遠ざかろうとすると、君は今の学校をやめないとならない。これは無理だ。好きな人だけに囲まれたクラスなんか存在しないように。そうやっていろいろな他人と出会い、渡り合っていくことが人生を逞しくさせるんだよ。バレーボールの練習みたいなもんだ。いいことを教えてやろう。パパが発明した言葉だ」

「なに？」

「敵を味方にしてこその勝利です」

またまた息子の顔がぱっと明るくなりました。

「敵をね、味方にすることができたらすごくないか？　そういうことは起こり得るんだ。知恵が必要だし、勇気や、愛や、思いやりや、忍耐や努力が必要になるけれど、でも君を蹴落とそうとしてきた連中が、君のことを好きになればいったいどうなる？ハッピーじゃないか？　いがみ合うことを忘れることができる」

息子は小さく頷きました。

二人きりの小さな家庭ですが、私たちはたくさんの会話を通し、けっこうそれなりに幸せにやっています。その基本は「語り合うこと」なのです。

最後のひとこと。

「腹を割って話しあい、心を開いて語りあえ」

健　康

父ちゃんが実践する　十の休息習慣

その一。パソコンは一時間に五分離れる

その二。水を飲む

その三。晴れた日は外でランチ

その四。青々とした木々を見上げ

その五。天空に向かって背伸び
その六。梅干しを食べる
その七。枕を抱きしめて寝る
その八。犬や猫や赤ちゃんにウインク
その九。せせらぎ、そよ風、
木漏れ日を見つけたら立ち止まる
その十。目を閉じ微笑む

辻式、七つの健康法

さて、私が健康のために心がけている七つのことを紹介させてください。個人差がありますので、辻式健康法が正しいかどうかはなんとも申し上げられませんが、笑って読んでいただければ、なんとなく健康になれるかも……。

1．たばこは吸わないが、お酒は毎日飲む

たばこを吸いません。なぜか、興味がなかった。どうも、煙を体内に吸い込むというイメージが苦手みたいです。三十歳まで下戸でした。三十代の中頃から嗜むようになり、毎日休まず飲んでいます。水のようにワインを飲むのです。そして、お酒を飲んでいるときはできる限り微笑んでいるよう心がけています。我が家では白ワインをおいしい水と呼んで……。

2. コーヒーは毎日二杯、チョコレートは毎朝一粒

コーヒーは朝と昼食後に飲みます。カフェインに弱いので、夕方以降はぜったいに飲みません。朝は必ずチョコレートを一粒、朝食代わりに食べます。その時にカフェオレかエスプレッソを合わせて……。最近、一日三、四杯コーヒーを飲む人はまったく飲まない人よりも癌になりにくいという論文が出て話題になりましたが、私はほどほどに二杯と決めています。コーヒーとチョコレートは頭の回転にいいような気がするのです。

3. 風邪の季節は毎晩鼻うがい、頻繁に入浴

風邪が流行ってる時期やコンサートツアーの時期には必ず鼻うがいをやります。歌手仲間から教えてもらい実践していますが、本当に風邪をひきません。塩水を鼻から入れ、口から出すのですが、鼻の奥には小さな海があり、天井は脳細胞と繋がってい

ます。鼻の奥を塩水の海にしてしまえば、ウイルスをここでシャットアウトできるという仕組み。慣れるまでは奇妙な感じですが、水と違い、塩水ですから鼻が痛くなることはありません。あと、頻繁に風呂に入ります。リラックスできるし、血の巡りもよくなります。夜は少しぬるいお風呂につかってください。安眠効果も得られますよ。

4. ストレスを抱えないためにちゃんと怒り、怒ったら、すぐ忘れ、よく笑え

ストレスは誰にでもあるので、ストレスが来たらとにかくちゃんと怒りましょう。怒ることでストレスを引きずらない効果があります。怒ってすっきりしたらすぐ忘れ、楽しいことを考えて笑います。過ぎたことを引きずるのはアホらしい、と先へ進めばいいのです。人間らしく、が大事。ストレスってやつは抱え過ぎるのが一番よくない。断ち切るために、ちゃんと怒り、すぐに笑う、を心がけています。

5. 歌い、楽器を演奏する

私が個人的に健康でいられるのは毎年ツアーを欠かさずやっているからじゃないかな、と自負しております。二時間のライブをやるには相当の体力が必要です。腹から声を出す。ステージ上で二時間歌うというのは、かなり健康じゃないとできません。当たり前のことですが、こんなに健康的なことはない。その上、楽器を奏でれば、心が穏やかになります。美しい音やきれいな旋律には心を癒やす効果があります。音楽は健康に欠かせない最良の運動と言えるでしょう。何歳からでも音楽はスタートできますよ。

6. なんでもオリーブオイル、そして適度の塩

蕎麦はだし汁にはつけず、塩で食べます。豆腐も塩。塩というのは海の元ですから、あらゆる食べ物の良さを損ないません。海の元ですから、適量は必要です。オリーブオイルは大地の元です。純度の高いオリーブオイルをイタリアの高齢者が水のように飲んでいるのを見たことがあります。私はなんでもオリーブオイルです。肌も健康で

すが、個人的にオリーブオイル効果だと思っています。いや、思い込むのも大事ですね。

7．自分にとってはこれが健康法だと思い込むことが大事

そう、最後は、自分にとってこれが正しい健康法だ、と思い込むことに尽きると思います。ストレスをなくし、朗らかに笑い、おいしいものをおいしく食べて、海と大地に感謝をしていれば、必ずや長生きできると、私は信じているのです。

最後のひとこと。

「けれども、これはあくまで私の個人的な考えなので、ご注意ください」

長生きするための十か条

その一。何事も急がず

その二。たまに怒ってガス抜きをし

その三。毎日を切に過ごし

その四。ストレスや不安には近づかず

その五。穏やかな心で貧しくとも優雅に
その六。家族と好きな友人に囲まれて
その七。控えめに優しく
その八。ささやかな目標を一つ持ち
その九。周りに感謝を忘れず
その十。愛を捧げる

怒ってすっきり、長生きのコツ

今やストレス社会。どうも、このストレス、人間の寿命に関係があるようです。病の元だったりします。

しかし、ストレスのない社会なんてあるのでしょうか？

これはとっても難しい問題です。なぜなら、ストレスとは対人関係によって生じるものだから。人間と関わって生きている限り、ストレスがなくなることはない。生きていれば他人と必ず相対さなければならないわけですから、当然、ストレスは増えます。

じゃあ、どうやったら、ストレスは発散できるのでしょう。

いろいろと方法はあります。旅に出るとか、運動するとか、美味しいものを食べるとか、好きな仲間たちに話を聞いてもらうとか……。とにかく、「抱えない」ことが大事ですからね、抱えそうだな、と思った次の瞬間には「この野郎、ふざけやがって」と取り急ぎ怒鳴っております。女性の皆さんはこのような下品な言葉を口にしてはいけません。「このお方、おふざけが過ぎます」くらいでしょうか？

　これではガス抜きにはなりませんか？　だったら、「馬鹿、ふざけんじゃないわよ」くらいでどうでしょう？　もっと酷い言葉でも大丈夫。周囲に聞こえないようにガス抜きすれば問題ありません。

　短い一生ですからね、怒ってガス抜きしながらバランスよく生きるに限ります。他人の攻撃をそのまま受け止めていては身が持ちませんよ。


　フランス人の社会で暮らすようになって最初に勉強したことは「強くなる、負けない」ということでした。この国で口喧嘩が苦手だと生きていけないのです。

　とにかくフランス人は口が達者。文句も不平もはっきりと口にしますし、「自分は決して悪くない」と理屈もこねます。

　日本だとまず「謝ること」からお互いの誠意を突き合わせていくようなところがありますが、フランスでは一度謝罪したら負け。だから「申し訳ありませんでした」なんて十年に一度くらいしか聞きません。

でも、逆に言えば、彼らが謝罪する時には嘘がないんです。その場しのぎの「ごめんなさい」じゃないわけです。

集団のいじめもめったにありません。すごいことじゃないですか？　フランス人はストレスを抱えないように生きる才能を持った民族なのです。だから世界中の人たちに「変わり者」とレッテルを貼られるわけですが、むしろ、正直のなせるわざなのです。ストレスをできるだけ抱えない生き方を選ぶせいで、フランス人は長生きでもあります。

彼らはすぐに怒りを吐き出します。そして、人生から嫌なことを抹殺してみせるのです。一度、喧嘩した人間とはめったなことでは仲直りをしません。どちらも絶対に謝らないからです。

融通が利かないとも言えますし、大人気《おとなげ》がないとも思いますが、でも、その分、ストレスがない。

日本社会ではそうはいきませんよね。ですから、そういう時は怒ってください。不条理なことが降りかかったら、遠慮なく怒りましょう。上手に怒ることができるようになれば、ストレスは雲散します。お試しください。

最後のひとこと。

「ストレスを抱えるのは結局、自分のせい。怒鳴って、自由になりなさい」

人が疲れる 十の理由

その一。やりたくないことをやるから

その二。無理して頑張るから

その三。我慢するから

その四。なんでも引き受けちゃうから

その五。他人と比較するから
その六。疲れさせる人間が近くにいるから
その七。なんでも信じ過ぎるから
その八。誰にでもいい顔しちゃうから
その九。成功だけを目指すから
その十。自分を大事にしないから

チーム自分

相変わらず自殺のニュースが多いですね。私も死にたいと思ったことはあります。シングルファーザーになって以降は、そう思う瞬間が幾度かありました。

ある夜のことです。子どもが寝た後、キッチンでいつものように晩酌をしておりました。普段よりやや多めのお酒を飲んでいたと思います。だからか、「死にたい」と思わず言葉が飛び出したのです。もちろん、死ぬ気もないくせに……。

次の瞬間、ふいに心臓がペキッと音をたてたのです。

わずかですが、いやな痛みが胸を駆け抜けました。思わず自分の心臓のあたりを手で押さえましたところ、ドクッドクッ、と心音を感じたのです。普段、気にもしないで暮らしておりましたが、明らかに、そこに心臓が存在しております。

驚き、しばらくその鼓動を感じておりました。この私の心臓は、私がおぎゃ～と泣いて生まれた時よりずっとこうして動き続けておるのです。しかも、驚くべきことに一度も休むことなく、私がぐうたらしている時にも、運動している時にも、寝ている間も、死にたいと悩んでいる時でさえ、ずっと休まず動き続けているのです。

私はハタと気が付きました。「自分のために休まず働き続けているこの心臓に対して、死にたいなどという弱音を吐くのは失礼じゃないか」と。そして私は恥じ入ったのです。

思えば、自分と言いますけど、肉体、心、魂など、私という存在はいくつかの重要な要素で構成されております。ものといえるのは肉体だけですが、もっと言えば、精神や意思などもその概念の一部かもしれません。

自分というのは一人ですけど、この自分はいくつかの自分で形成されているのです。肉体の中にも心臓や肺や脳や肝臓など、とても重要な部位があり、心臓のように自己の意識では動かすことができない不随意筋もあります。不随意筋には心筋のほかに、平滑筋《へいかつきん》と呼ばれる胃腸などの筋肉があります。

死にたいと思ってもその意思とは無関係に動き続けるもう一人の自分。つまり、考え方によっては、不随意筋はもう一人の私なのです。不随意だけに何か人間を超えた天の力を感じざるを得ません。

「死にたい」と思う私は様々な自分の部分や構成要素で形成されているわけです。ですので、私は「チーム自分」と呼ぶようになりました。最近は、死にたいと思うとき、「ちょっと待て、それはチームに対して失礼だろう」と自己批判することにしています。

「死にたい」と思っているのは自分の「脳」や自分の「意思」など一部に過ぎない。国連と一緒でそのほかの部位や要素にもそれを拒否する資格があります。心臓がペキッと音をたてたのは、働き過ぎる私への警告でした。

急いで病院に行きました。すると、医師は「働き過ぎです。時差のせいもあるでしょう。無理をなさらないでください」と言いました。無理をして自分を酷使しているから心臓が小さな抗議をしたのです。「死なないために、大事に生きなさい」というもう一人の自分、しかも普段は意思とは無縁に生きている不随意な部署からの警告でした。

その後、私は晩酌をチーム自分とすることになりました。それぞれの肉体のことを思い、自分の心や精神や魂にも耳を傾けています。一丸となって自分を動かしていこう、と考える時、そこに健康が見える気がします。

さ、今日もよく生きました。ベッドに潜り込み、まずは自分に「おつかれさま」を言います。明日もまた頑張れそうです。不随意筋たちには申し訳ないのですが、一足お先に休ませていただきます。

最後のひとこと。

「ありがとう、不随意筋」

心

心を癒やす 十か条

その一。ハーブティーを飲む
その二。ぬる目のお湯にゆっくりつかる
その三。静かなお気に入りの音楽をかける
その四。瞑想をしてみる

その五。とりあえず携帯は切る
その六。横になって足元から順番に力を抜く
その七。口元を緩めて目を閉じる
その八。悪い気持ちを追い出す
その九。ただ幸せだけをイメージする
その十。指で胸の中心をとんとんとんとん

一喜一憂、人間らしく

平常心という言葉があります。常に平らな心と書きますね。いかなることがあっても何事にも動じないということを意味しているのでしょうか？

辞書を見れば「ふだんと変わらない心」「揺れ動くことのない心理状態」とあります。「どんな時にも平常心を失わず」とよく言い聞かされてきましたが、正直に申しますと、これは難しいですよ。

常に平常心でいられる人間なんかに会ったことがありません。人間ですからね、神様じゃないので、生きていれば必ず一喜一憂はします。どんなに悟った人でも、家族や親しい友人が死ねば動揺します。

逆に人間なのにそういう場面で動揺しない人間はどうかと私は思います。つまり動揺していい。揺れ動いていいと思うのです。焦ったり、緊張したり、迷ったり、苦しんで当然じゃないでしょうか？　むしろそういう状態のことを平常心と呼ぶんじゃないか、と思うようになりました。

世の中で使われている「平常心を保つ」には無理がありますし、容易なことではありません。何より、そうする必要がないと思うのです。

平常心という言葉は本来、「人間そのものの本質、ありのままの姿の状態」を指しているように思います。

親しい人が亡くなれば動揺をしますし、試験に落ちたら落ち込むのが普通。こういうものを偽ることなく包み隠さず、それが本来の自分なんだと受け止めることこそが平常心のもともとの意味だった、と私は解釈しています。

揺れ動いて、焦りまくっている自分について、これは人間なんだからしょうがないことだ。当たり前のことだ。だから、平気なんだ。大丈夫だよ、と自分に言い聞かせる時の、その我が心こそ、平常心じゃないでしょうか？　そう考えると、楽になりませんか？

ただ、わけもわからず人に「平常心を保て」と言われたら、反発も起きます。それは当然です。無理だからです。人間だからです。我々は大いに一喜一憂していいんだと思うのです。

政治家さんがよく平常心という言葉を持ち出し「一喜一憂はしない」と発言していらっしゃいます。私は違います。「人間は一喜一憂を繰り返し、人間らしく成長をすればいい」と考えます。一喜し一憂することは実はとっても大事です。その振れ幅が人間にバリエーションを与えるからです。

一喜一憂せずに生きていけるでしょうか？

いいえ、スクエアな世界では生き難い。四角張った世界じゃなく、だらっと、緩みのある、糊代《のりしろ》のある、時には物事を大目に見てくれる世界の方がのびのびと生きることができます。

なぜ？　それは私たちが不完全な人間という生き物だからです。私たちは仙人じゃありません。それが前提です。失敗もしますし、受験に落ちることも普通にあるわけです。そういう時にこそ落ち込んでください。

でも、人間の素晴らしいところは、そこから立ち直ることができるということです。誰かと別れて傷ついていても時が癒やしてくれます。悲しい時は泣けばいいんです。

でもずっと泣いていることも不可能なんですよ。悲しむことに人間はいずれ疲れます。そして、再び一喜一憂を求めるようになるのです。

そのとき人は前よりもう少しだけ打たれ強くなっているのじゃないでしょうか。経験し成長したからこそ打たれ強くなるのだと思うのです。それでいいんです。

そのくらいの糊代のある生き方が大事だと、すくなくとも私は私自身に言い聞かせています。無理しないでいいよって自分に言い聞かせます。

最後のひとこと。

「平常じゃない時にこその平常心なり」

もうだめだという時に効く 十の言葉

その一。ゆっくりしてなさい
その二。身体をまずやすめなさい
その三。許しなさい
その四。目を閉じなさい

その五。深呼吸しなさい
その六。考えるのを一度やめなさい
その七。自分を労《いたわ》りなさい
その八。少し食べなさい
その九。死にたいとつぶやいてもいいから、
生きなさい
その十。おやすみ、よく生きました。
今は眠りなさい

時には諦めてみませんか？

生きている限り、ストレスは続きます。頑張れば頑張るほど、ストレスというものは増える傾向にある。

ストレスはほぼ他者との人間関係が原因です。人間から離れて生きることはできませんから、ストレスと一生向き合わないとならないのが人間の性《さが》でもあります。

つまり、ストレスを手懐けることができればいい。


どんな方法があるだろう？　小生はずっと考えてきました。

ストレスはものごとに固着し続ける自分の野心が生み出すもの。負けたくない気持ちが現実に追い付かなくて、ストレスを生じさせるのです。

まず、意地を張らず諦めることです。嫌でも諦めてしまってください。

切り替えて、違う角度で再挑戦すればいい。逃げるが勝ちということもある。

一旦、諦めよう、と自分に言い聞かせ、楽になることも大事です。

しかし、全部諦める必要はない。この愚かな闘いを一度終わらせるために、ひとたび、身を引く。

そういう時は他人のせいにさえする必要がありません。ムキになったところで、世の中かんたんな逆転劇などない。逆転するためには、自分の態勢を整えることが先決です。一時的な身構えを整える時間を確保し、万全な態勢で再度挑む。ストレスをなくすことは、心構え次第ということでしょうか。

諦めることは、邪念を捨てることです。邪念を捨てて、態勢を整える。

諦めることは負けることではありません。意地を張って、這《は》いつくばって、地位に固執していったい何になる。絶対に抜け道があり、必ず凌駕《りょうが》できる方法があります。

再び風を吹かせたいと夢見ることも大事です。諦めることは夢を捨てることではありません。自分を再起動させているだけだ、と思えばいいでしょう。

不屈の精神は捨てないでください。不屈の種さえあれば再び伸び上がることができます。諦めた経験が強みになる。次は冷静に駒を進めることができますね。
何より、潔く諦めたのならば、過去に引きずられることもなく、新しい道を歩むことができます。

ストレスはなくなりました。過去は過去です。
隠し持っていた不屈の精神を取り出し、荒野にばらまいてください。
まもなく、大地一面に、青い芽が生えてくることでしょう。

最後のひとこと。

「落ち着きました、と過去形で自分に言い聞かせましょう。
すると、すべては完了するのです」

心

基本ネガティブなんだけど前だけを向いて生きてる人の十か条

その一。根性で生きない

その二。理屈はあまりこねない

その三。他人の人生に口挟まない

その四。ポジティブという言葉が嫌い

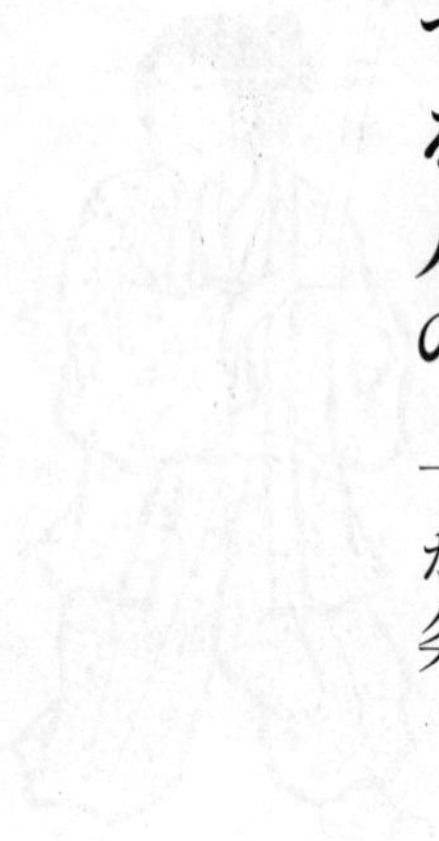

その五。ガツガツしない
その六。前向きばかりじゃ疲れるんだよ
その七。出世なんか興味はない
その八。たられば、禁句
その九。世間が一番うさんくさい
その十。我が道を行く

正しい愚痴り方

人間というのはまず自分に対して疲れてしまう。

他人のせいにするのは、自分が見えていないからに過ぎません。他人とは自分を映す鏡です。

君が誰かに愚痴をこぼす。しかし、愚痴というのは言葉の暴力以外の何ものでもない。言われた方はたまったものじゃありません。

愚痴というのは邪気の塊ですから、人間が悪い気を吐き出しているのです。その上、愚痴というのは他人にこぼすものだから、なんとも始末が悪い。

知り合いに愚痴をこぼされると小生はげんなりします。なんで自分の不愉快を人に間接的に押し付けてくるのか。

人間は自分の中で解決できない問題を、愚痴って身近な人間に押し付ける性質があるのです。

しかし、愚痴は本当に悪いことでしょうか？　人間は愚痴っちゃいけないの？　じゃあ、愚痴とは何でしょう？


愚痴は長い一生における小さな噴火のようなものかもしれません。愚痴を言わないでため込む人間は逆に真面目過ぎて心配になります。小出しにすることで、大きな崩壊を未然に防いでいるのかもしれません。

愚痴を言っても確かに始まらない。でも、愚痴ることで、人間は自分を許している し、バランスをとっている。崩壊しないように、自分を維持するための愚痴もある。

大事なことはそれを聞いてくれる人間がいるかどうか、でしょう。愚痴を聞いてくれる友達の存在こそが実は大事なのです。

我々は高僧じゃない。

このようなストレスだらけの世の中で、多少は愚痴らないと壊れてしまいます。

いつも愚痴を聞いてくれる友達がいるなら、君もその人の愚痴を聞いてあげればいいだけのこと。吐き出したストレスをお互い解消しあえれば、その愚痴も邪気にはならず成仏するでしょう。

誰も彼もと愚痴を言うのは慎む方がいい。問題はそこかもしれない。たまにこぼす愚痴はその人の人間らしさを物語ることもあるし、時に相手に信頼感を植え付けることもできます。

もちろん、適度な愚痴の場合ですよ。

とても尊敬する人間が自分に愚痴をぶつけてきたら、逆に、ちょっと嬉しかったりしませんか？　この人は自分を頼って愚痴をこぼしているのだな、と思えば聞いてあげようという気にもなります。

愚痴も時には人間を繋ぐ道具となるのです。そう、愚痴が架け橋になることもあるんですよ。

いい聞き手は、「しかしね、人間みんな一緒だよ」などと微笑みながらつぶやいてくれます。いいですね。そうすると怒りや不満も和らぐものです。

これはガス抜き。人生は長い、だからこそ、時々人間にはガス抜きが必要なのです。毎日愚痴っちゃだめですよ。しょっちゅう愚痴ってる人は自分に何か問題があると思う方がいいでしょう。

愚痴というのは我慢をした人間が、その上で申し上げたいささやかな意見なのです。そう思えば愚痴も必要な行為だということになる。

何でもかんでもダメじゃない。正しい愚痴り方をマスターすれば、生きることはもう少し楽になる。

愚痴というのを辞書で調べてみると面白い。

「無知によって惑わされ、あらゆることに関して真理を見ようとしない心の状態」

なるほどね、ある意味、当たっています。

友達の少ない小生、愚痴りたい時は鏡に向かって愚痴ります。するとね、自分の悲痛な顔が滑稽で、思わず笑ってしまうんですよ。

「なに、深刻ぶってんだよ、おめ〜」ってな具合に。

小生、たまに息子にも愚痴ります。するとね、息子の顔があきれ果てて歪むんですよ。「パパ、疲れてるね」などと言われ、思わず苦笑しちゃいます。
愚痴はガス抜きだと割り切ることで、人生はわずかに緩まります。
さあ、正しく愚痴って緩く生きていきましょう。
自分に厳し過ぎないようにね。

最後のひとこと。

「くどくど愚痴を並べてはいけません。
さらっとスマートに愚痴って日々を上手に手懐けましょう」

老い

親が子どもに伝えたい人生の十か条

その一。元気よく笑顔で過ごしなさい

その二。なんでも美味しく頂きなさい

その三。友だちを大切にしなさい

その四。正直に生きなさい

その五。歯を磨きなさい
その六。夢は持ち続けなさい
その七。いつか大人になりなさい
その八。親にだけは甘えなさい
その九。死ぬまで学びなさい
その十。朝起きたら生きてることに感謝しなさい

子育てと自分育て

離婚の時に小学五年生だった息子君、もうすぐ高校生になります。胸元くらいの背丈だった彼がこの数年で小生の身長を越えました。彼にとってどのような歳月だったのでしょう。いったい、どのような人間に育っているのでしょう。

周囲の人たちはとっても優しい子だと言います。友だちが多く、みんなに慕われており、しょっちゅう彼の友人たちがうちに遊びにやってきます。その輪の中心に息子がいることは間違いありません。

しかし、彼にはつねにどこか普通の子どものような無邪気さがありません。急速に大人にならなければならなかったからかもしれない。父と子の二人暮らし、ほかに心を許せる人間が周囲にいないせいもあるでしょう。

強い子になるために必死に成長を遂げようとした形跡があります。子どもらしい心をどこかで一旦隠してしまったのかもしれない。

この辺のところは専門家じゃないからわかりませんが、家庭環境の影響はあるでしょう。自分の置かれた現状を理解するために戦ったこの数年だったはずです。

先日、学校の課題図書を買ってほしいというので取り寄せましたら、親の離婚についての小説でした（Rachel Hausfater, *Un soir, j'ai divorcé de mes parents*：『ある夜、ぼくは両親と別れた』）。

「あまり、書物の影響を受けるなよ」と伝えてからその本を手渡しました。

「課題図書だから、仕方ないじゃん」と彼は言いました。

フランスは離婚率が日本よりも高いので同じ境遇の子どもたちがたくさんいます。なので、こういう本を学校は推奨し、本人はもちろん、周囲の子たちへも離婚という環境への理解を深めさせようという狙いがあるのでしょう。

本の中身について彼はあまり多くを語りませんでしたが、いろいろと心を整理することができた、そして前向きになれた、と申しておりました。小生も読むつもりです。

親である小生もそういう息子と寄り添ってやってきましたが、異国での仕事と子育ての両立は、まああえてひとことで告げるなら簡単ではありませんでした。

そろそろ、疲れが出る頃だな、と思っていた矢先のこと。不意に軽度の突発性難聴になってしまったのです。

とにかく普通に立てません。立つとふらふらして、頭の中がぐわんぐわん揺れ、まるで船酔いのような状態。家事がまったくできない。やる気が出ない。呼吸が苦しい……。家事をやらなきゃと考えるとこの症状が酷くなるのです。

軽度だったので、ステロイド剤を飲んですぐに完治しました。精神的な不安や悩みが原因の一因だろうと医師は言いました。

離婚直後の胃潰瘍といい、見た目にはのほほんとしているようですが、中身はそうはいかないものです。

これから息子は大学受験へと向かう。小生は間違いなく年老いていく。能天気な小生ですが、肉体からの黄色信号、これを無視することはできません。

人生はどこか、だましだまし進まないとならない時があるようです。まさに小生にとって今がその時期。生き急ぐよりも、慌てない小さな歩みの積み重ねが大事なのかもしれません。

今日は土曜日なので息子と一緒に公園でキャッチボールをやることにします。快晴なので、いい心と肉体の解放になることでしょう。

平衡感覚を取り戻せた小生はこうやって元気で動けることに大きな感動を覚えています。普段は歩くことなど当たり前と思っていますが、いざ思うように歩けなくなった時、当たり前が当たり前じゃなくなって、世界の価値観がひっくり返ります。当たり前の日常を生きられることに不平を言うのはやめなければなりません。その上で、少しずつ夢を実現させていくのがよろしいでしょう。

最後のひとこと。

「自分の心と折り合う」

今日をいい日にするための　十か条

その一。いいものを見る
その二。いい匂いを嗅ぐ
その三。いい噂話をする
その四。いい風を感じる

その五。いい光の中を歩く
その六。いいと思える方に身体を向ける
その七。いいことしか考えない
その八。いい人たちの輪に入る
その九。いいことを何か一つしてみる
その十。いいねと自分を許してみる

未定という言葉にひそむチャンス

「変わらないですね、いつまでもお若い」

これは褒め言葉でしょうか？

こう言われて素直に喜んでおりましたが、ある時、ふと気が付きました。人間として進歩がないということじゃないかって。

人間は老いていきますからね、体形を維持してるのであれば、それは逆の意味で変化してるということかもしれません。若さを保つのではなく、若さを獲得しているということならば、いい意味になりますね。

君はちっとも変わらんなあ、と旧友に笑われたら、おっと、ご用心。外見じゃなく中身のことかもしれない。

小生はよく言われますので、そうとう気を付けております。

一方で、いつまでも実際に外見も中身も若い人がいます。このような人たちは老いていく定めに抗い、つねに自分自身を再起動し続けている人たちかもしれないです。

社会に出ると人は途端に凝り固まっていきます。世の中のさまざまな「既定」に従って逆らえなくなり、つまりは考えず、疑問を持たず、受け入れていって、どんどん固まっていく。未定という言葉が反対にありますが、未定であれば人はその分、可能性があるということかもしれませんね。

あの、老いることは悪いことじゃありません。どう老いるか、どう年を重ねていくか、ですよね？

小生などはまさに進歩のない老い方をしております。そんな小生も、若い頃は未来が怖かった。まったく先が見えなかったからです。白紙だったり、あまりに未定でしたから。

大学を卒業した仲間たちが大企業に入社していくのに、自分だけ何者でもないわけですから、そりゃ、怖いですよ。

でも、今はもう怖くない。

経験でしょうか、それなりに押し通してきたからでしょうか。いろいろな術を知ったし、変な技術を身に付けたせいもある。


しかし、小生にはいまだ既定とか固定の概念がありません。

作家デビューしたての頃、同年代の作家に、新宿の路上で、「君は馬鹿か利口かわからんな」と言われたことがあります。この言葉は衝撃的でした。生涯忘れることがないでしょう。

もちろん、個人的にはいい意味に解釈していました。いや、いい意味に誤解していたというべきか。

この一撃はいまだに自分に刺激を与え続けています。俺は馬鹿か？　利口か？　どっちなんだってね。

ええ、そのまま振り切って逃げ切りたいなあ、と思います。バッターボックスに立つ小生はいつも震えています。

「振り逃げ」ってご存じですよね？　三つ目のストライクを捕手が取り損ねた場合、バットを振った打者は一塁へ走っていいんです。もちろん、捕手は慌ててボールを拾って一塁へ投げますけどね。やってみなきゃ誰にもわからんこともあります。1パーセントの可能性であろうと、何が起こるかわからない。つねに、チャンスはまだあるってことです。目指すは人生の一塁。ドキドキしますね。

最後のひとこと。

「昔、息子のオシメを替えておりました。そのことを生意気になった息子に言って脅してやるつもりでおります」

むくわれない今を応援する十の言葉

その一。よくわかるよ
その二。生きよう、ともに
その三。必ずちゃんと誰かが見てるから
その四。そういう人生を否定する必要はない

その五。諦めたっていいよ
その六。許せるものなら許して楽になれよ
その七。誰かのためじゃなく
その八。君の底力を応援したい
その九。まだ絶対に余裕でぜんぜん大丈夫
その十。君はそれでいい

時間

生まれてから今日まで時間に支配されないように生きてきました。

なぜ、そう思ったのかはよく覚えてないのですけど、父親が猛烈社員、仕事の鬼で、いつも腕時計ばかり見ておりました。父親に遊んでもらった記憶のない私はなぜか時間のせいだと思い込んでいたような節があります。それで腕時計というものをしたことがなかった。受験の時でさえ、腕時計を持たないという徹底ぶりでした。

幼い頃、腕時計が人間を支配する鎖のように思えて仕方なかった。若さゆえのこじつけですね。

しかし、腕時計をしなくても何ら不自由を感じたことがありませんでした。時計を持っていないせいで、時間に遅れたこともなかったのです。締め切りに遅れたこともほとんどありませんでした。催促される前にすべてをやり遂げておかないと心配だったからです。不思議なものですね。

ところがところが、六十年近くも腕時計をしたことのなかったこの私が、つい最近、腕時計に一目ぼれをして買ってしまったのですから、大事件。

その日、私はふらふらと散歩をしていたのです。小さな路地におしゃれな雑貨屋がありました。そのショーウィンドーにとある腕時計がぽつんと飾られていたのです。

とってもシンプルな時計ですが、何か変。よくよく見ると、針が一つしかない。どうも短針のようですが、文字盤は十二等分されており、普通の時計と同じく十二時間を表しています。しかも一時間ごとにさらに小さく十二メモリに分かれています。一メモリが五分を表します。だから六メモリで三十分、十二メモリで六十分になるわけです。

かなりわかりにくい、読み取りにくい腕時計でした。

けれども、時間に支配されたくない願望の強い私にとって、この時計のアバウトさはまさにピンポイント。何か時間を小馬鹿にしている感じも面白い。

説明書には「精確な機械」と記されております。笑いがこみ上げてきました。

これならば腕に嵌《は》めても問題ない、いや、むしろこういう時計をすることで時間を手懐けることができるのじゃないか、と思いついたのです。

すぐに店の中に入り購入しました。お店の人に「あなたはなぜこの時計を買うのですか？」と逆に質問されてしまったのです。店側もこの時計が売れるとは思ってもいなかったようで……。

なのに、ショーウィンドーにはこれしか飾ってないのですから、不思議な雑貨屋でしたね。約六十年間、したことのなかった腕時計を私は毎日するようになりました。そして、時々、待ち合わせ時間に遅れそうになっては、腕まくりして覗《のぞ》き、時間がよくわからず、道端で噴き出しているというありさまです。


アフリカのある部族は時間を持ちません。彼らにはつねに永遠の今しか存在しないのです。不思議な感覚ですが、昨日も、明日も存在しない世界。一時間前も一時間後もありません。常に今の中で生きている人たちがいるのです。

考えてみれば、過去や未来を今この瞬間見ている人はいないわけです。ですから、過去や未来が存在しているということを証明することができません。

過去は過ぎ去ったこととして記憶されているに過ぎない。当たり前の話ですが、過去や未来を今この瞬間、体現することはできません。未来はもっと実感できません。

常に永遠の今しかないアフリカの部族の考え方はとっても興味深い。彼らは常に今の中で生きていて、過去や未来を気にすることがないのです。それはいったいどういう感覚でしょう？


「時間がないんだよ」と言っている人の時間とこの部族の時間にどんな差があるのだろう、と考えてしまいます。どちらが時間に対して豊かなのか、と。

時計が発明された時から人間は時間に支配されてきました。私はこの奇妙な腕時計を発明した人に賛同します。時間を支配できたなら、きっと、今がもっと楽しくなるだろうな、と思ったからです。

いえいえ、時間を支配することなどできません。考えてもみてください。時間なんか本当はないのですから。

最後のひとこと。

「時間がないなら、

時間を作ればいいじゃない」

生と死

前向きに生きたい君に贈る　十か条

その一。一歩踏み出せ

その二。もう一歩行っとけ

その三。前を向けばそれが前、
振り返ったらそれが後ろ

その四。寝転んだら上向きだ

その五。何度転んでもよい
その六。でもすぐ立ち上がれ
その七。自分を疑うな
その八。泣いたら涙を拭くだろ?　それがやる気だ
その九。やる気は人間の才能だよ
その十。上を向いて歩こう!

涙の理由

人間は泣いて生まれてきます。赤ん坊は一日中泣いています。子どもは叱られると大泣きします。そして、成長するに従いだんだん泣かなくなります。

大人になるとめったに泣きません。泣きたくても泣けなくなるのです。お涙頂戴映画は、だから流行るのです。

「思い切り泣きたいあなたに」

こういう宣伝文をよく目にします。

大人は映画館でしか泣けないの？　何故なんでしょう？

泣いたっていいじゃないか、と思うのだけど泣きません。いちいち泣いていたらきりがないからです。泣きたい時には歯を食いしばれ、と先輩に言われました。それが大人の世界なのです。


赤ん坊は泣いて訴えているのです。おなかすいた、とか、機嫌が悪い、とか、かまって、とか。泣くことを恥ずかしがりません。大人が泣くのはその名残。

恋人にふられたら泣きます。訴えているんです。

親しい人が死んだら泣きます。訴えているんです。

悔しい思いをしたら泣きます。訴えているんです。


泣くことは悪いことじゃありませんよ。

第一、泣いた子はすぐに笑います。泣いて心を浄化して、気持ちを入れ替えるからです。流す涙で心を洗っている。

泣きなさい、笑いなさい、という歌がありますね。

辛い時は、泣けばいいんです。我慢する必要なんかないですよ。涙を流しましょう。

人間は涙を流すことができる動物です。きっと神様が気を使い過ぎる人間のために考えてくれた特技。

涙がしょっぱいのは海の味です。

だから、海に行って、ばかやろう、と泣きながら叫ぶ。ああ、すっきりした、と泣きやんだ後、鼻をすするわけです。そして、ふっと笑います。

あんな奴のこと、忘れてしまえ。さようなら、ありがとう、と自分を肯定できる。涙のおかげなんですね。

涙がしょっぱいのは人生の味だから。流した涙を舐めてみてください、海の遺伝子の名残です。

大人になって、何回泣きました？　号泣したことありますか？

たまには思い切って憚《はばか》ることなく泣いてくださいよ。そんなに頑張る必要なんかないんです。

男だから泣かない、とか言わないで。みんな一生に何度か号泣しましょう。血の通った人間であることを思い出せます。

こういう社会ですけど、あなたは生きています。

小生は泣きます。

でも、息子の前では泣きません。だって、パパが泣いたら、息子がびっくりするから。泣きたい時は息子が学校に行っている間に泣きます。

息子が帰ってきたら、笑顔で、おかえり、と言います。パパだからね。

最後のひとこと。

「人間、泣いて生まれて、笑って死ねれば本望です」

今日を元気に乗り切るための 朝が肝心十か条

その一。よし、とリキを入れたら

その二。今、生きてることに感謝し

その三。まず、コップ一杯の水を飲め

その四。今日の目標を決め

その五。窓を開けて朝の空気を招き
その六。好きな音楽をかけ
その七。好きな服（下着）を着て
その八。深呼吸
その九。絶対勝つ、と小さく決意したら
その十。大きな声で、いってきます！

人は死ぬとき、息を吸うの？　吐き出すの？

最期の瞬間、息を吸う説と吐き出す説がありますね。

死ぬ時、人は息を吐いて逝く、とずっと思っていました。

そしたら、小生の指圧の先生が、死ぬときは吸うんですよ、と言いました。

「赤ん坊の時に泣いて生まれてきたでしょ、あれは吐き出す力で泣くんですよね。だから、最期は吸って死ぬ」

と言うじゃないですか。

別のお医者さんがどこかで書いておられましたが、吸うことと吐くことはセットだから、吐き出したら必ず吸わないとならない、だとか……。

卵が先か鶏が先かという話みたいになってきましたね。その先生も吸って人は死ぬんだ、という結論でした。

じゃあ、吸って死んだ場合ですけど、肺に空気を溜めて人は他界するのですね？　吐き出さないと気持ち悪くないんですかねぇ。小生はずっと人は最期にすべてを吐き出して死ぬ、と信じておったんですが……。

思い残すことはもうありません、という感じで。逆に、吸っちゃうと、思い残すことだらけみたいな。

「辻さんは呼吸が浅い。それじゃあ、長生きできない。真剣に呼吸してください」

指圧の先生に怒られてしまいましたよ。

数年前、よく夜中に呼吸をしていないことがありました。びっくりして息を吸い込み、目が覚めるんです。あの恐怖はすごい。一歩間違えたら死んでるわけですから……。

医者の友人に「それは危険。検査して」とまた叱られました。

最近は呼吸が止まることはもうありません。たぶん、精神的なことが原因だったのかなぁ。

でも、呼吸が止まったら、人は死にますね。逆を言うと生きてる限り呼吸は止まらない。心臓も。

息という字は、自らの心と書きますから、どれだけ呼吸が大事か昔の人はよく知っておりました。現代人は呼吸が浅いんですよ、と指圧の先生。とくに辻さんは浅過ぎます、だって。

背筋を伸ばし、意識して息を吸ってください。意識して息を吐くんです。

身体に任せっきりじゃなくて。意思を持って呼吸をしなければだめです。

す〜〜〜、は〜〜〜、す〜〜〜、は〜〜〜〜。

す〜〜、は〜〜〜、す〜〜〜、は〜〜〜〜。

吸って吐いて、吸って吐いて、が人生の基本なのです。

やっぱり小生はすべて吐き出して死にたいです。

最後のひとこと。

「深呼吸するとき、邪念を捨てて吸いましょう。
邪気を外に吐き出しましょう」

辻式サムライの心得　十か条

その一。媚びない、群れない、頼らない

その二。守れない約束はするべからず

その三。時に大風呂敷は広げろ

その四。品位はプライドより高く

その五。思い立ったら即行動

その六。金は天下の回り物

その七。男は敷居を跨げば七十人の敵あり

その八。人生これすべて因果応報

その九。抜いた刀は鞘に戻さない

その十。切に生きる

小我にとらわれず、切に生きる

ここのところ息子と毎晩チェスをやっています。夕食後、必ず「お願いします」と試合を挑まれるのです。はいはい、と引き受け、二人はチェス盤に向かいます。ゲームの面白さもあるのですが、私はチェスを通して彼の生き方を見ることができるので、毎晩が楽しみで仕方ありません。

最初のころは一度打った駒を「ちょっと待って」と言って、戻すことが許されていました。でも最近は手を離したらもう戻せない、という暗黙のルールが生まれたのです。潔くあることを息子はチェスから学んでいます。

ゲームですから勝ち負けがあるのですけど、この勝負を通して彼の人間性がよくわかる。朝、学校に行く時、「今日もチェスやる?」と息子が言います。「いいよ」と私が答えます。「今日は負けないよ」と彼は言い残して登校するのです。

チェスの最中の、私たちのちょっとしたやり取りがまた面白いです。「どうして同じ人間なのに幸福な人とそうじゃない人がいるんだろうね」といきなり聞かれたりします。私は答えます。「教えてもいいけど、よく考えてごらん」。これは曹洞宗の開祖、道元禅師のやり方です。

次のチェスの時に、息子が再び聞いてきます。「昨日ね、よく考えたんだけど、わからないんだよ。もしよければ教えてよ」。私は駒を動かしながら「幸せになりたいと切に願って一所懸命生きる人と、そうじゃない人の差じゃないか」と答えます。次の試合の時にまた聞かれます。「でもさ、なんで、一所懸命に生きる人と、そうじゃない人がいるんだろうね」。私は道元禅師の言葉をそのまま引用しました。「人間はいつか必ず死ぬよね。そのことをちゃんと理解できる人と、できない人の差じゃないか」。

私はビショップを動かし、チェックメイト、と言いました。あ、と息子はつぶやき、それから悔しそうな顔をします。とっても哲学的なゲームです。人間関係を構築するのに素晴らしい道具でもあります。彼が試合を通して成長しているのがわかるからです。「なるほど、一所懸命生きるってことは大事だろうね」。

道元禅師が書かれた本の中に、こういう言葉があります。部分的な引用になるうえに、私が勝手に訳してしまいますけど。

「一所懸命になり日々を生ききろうと頑張る人と、怠けて日々を怠惰に見送る人との間には当然のことだけど目に見えない差が生まれる。一所懸命生きるか怠けるか、それは、その人の志が切実かどうかの違いなんだよ。その志が切実じゃないというのは、つまり、一生がはかないということを考えないからだ。人間は生まれながらに誰もが死へと向かっている。だからこそ、この瞬間を切に生きて、その与えられた時間を大切にし、自分を磨いていかなきゃならないんだよ」

一瞬一瞬を精一杯生きるということは、これすなわち、「切に生きる」ということ。いろいろな方がこの道元禅師の言葉を引用しておられますが、そこにわかりやすい真理があるからでしょう。

私は息子にこのことを話しました。彼はにやにやして聞いていました。まだ、ピンとくる年齢ではありません。でも、チェスを通して、そこに人生の無常を見ている節があります。

勝ち負けというのは、人間が生き物を食べないと死んでしまうことにちょっと似ています。一つ一つのゲームを最後まであきらめずに戦う彼の姿勢は面白いな、と思います。

私は子どものころ、負けが見えてきたら、もう投げ捨てていました。でも、息子は負けが見えても、最後まで方法を考えて挑んできます。こちらはうぬぼれていますから、大きな失敗をやらかす。

将棋は勝つためのゲームですけど、チェスは相手の失敗（Echec）を誘うゲームなのですね。だから、ゲームの最後は「失敗」と言って終わります。私の志はいつも切実さが足りないのです。

最後のひとこと。

「小我とは『個人的に狭い範囲に閉じこもった自我』のこと。
今の自分の気分を中心に生きようとする小我に対し、
よりよく生きようと切磋琢磨《せっさたくま》するのが大我です。
小我にとらわれず」

感謝

今日を締めくくるための　十か条

その一。立てた腹を寝かせる

その二。感謝しかない

その三。運がいい方だ、とつぶやく

その四。ぬるま湯に浸かり力を抜く

その五。仲良しとたくさん話す
その六。親に電話し、ありがとう
その七。嫌なことを全て紙に書き出し
捻り潰してゴミ箱へポイ!
その八。ゆっくり歯を磨き
その九。鏡を見て最後に笑顔
その十。口元を緩めてから寝る

永遠の現在に感謝して

大晦日は一年の後始末の日ですね。大掃除とか、新年を迎える準備などで忙しいことでしょう。フランス人にとってはクリスマスが、日本の正月三が日のような役割。ですから、逆に元日はとっても静かなのです。そして、一月二日からは暦通り、世の中は動き出します。

あるとき、小生はいろいろなことを待ち続けた一年を過ごしました。待ち続ける人生というのは確かに疲れますね。でも、待ちながら半生を振り返ることもできました。自分を知るための一年だったと思います。

サミュエル・ベケットの戯曲「ゴドーを待ちながら」ではありませんが、人生は待つことの連続で、しかも、待っているものが何かわからなくなることさえ……。

でも、人間が待っているものとは、きっと死ぬことなんでしょうね。

生きることとはなんですか、と若い人に質問されました。

今、私も君も生きている、このことがすべてなんだよ。死んでないということが事実なんだよ、と言います。当たり前じゃん、と返ってきます。

ええ、当たり前です。しかし、生きてることは偉大過ぎて、普通に生きている間はその素晴らしさを実感できないものです。

ちょっと不謹慎な話に聞こえるかもしれませんが、小生は子どもの頃、死ぬことが愉しみで仕方がありませんでした。

いつか必ずすべての人に訪れる人生の出口、これを小生は「偉大な死」とこっそり呼んでいました。

いつか、その日は必ず来るのだから、急ぐ必要はない……。むしろ、その日まで与えられたこの生にどっぷりと浸っていようと辻少年は自分に言い聞かせたのです。

十歳の時、一生は長過ぎて退屈するだろうと思っていました。

五十歳を過ぎた時、まだやり残していることがあると気が付きました。

偉大な死を迎えるために、日々を精一杯生きているのです。「よく生きたなぁ」とその瞬間に振り返ることができるよう、毎日を精一杯生き抜くのです。

その積み重ねの先に「偉大な最後の日」が待っています。こう考えてきたせいでしょうか、死を怖いと思ったことがありません。そして、毎日がいかに大事か、知っているつもりです。

人に何を言われようが、人生はあなたのもの、私のもの……。それを与えられたのですから、楽しく生き切りたいですね。

今、この瞬間、小生は生きています。百年後はいません。

でも、小生がここに記したことを誰かが読むかもしれない。その人に、ちょっと伝えておきます。

つねに「永遠の現在」なんですよ。死は死ぬまで誰にもわからないものなのです。

このどうしようもない神様の悪戯、小生は好きです。今に感謝をしなさいということじゃないでしょうか？

精一杯、生きたりましょう。

最後のひとこと。

「大晦日は、一年で、一番、ありがとう、がしっくりくる日なり」

気持ちを軽くするための　十か条

その一。ゴミはためずにすぐ捨てろ

その二。ガラクタは捨てろ

その三。高望みも捨てろ

その四。野心、虚栄心、執着心も捨てろ

その五。綿密な人生計画は捨てろ
その六。重た過ぎる愛を捨てろ
その七。人間関係のしがらみを捨てろ
その八。あらゆる憎しみは捨てろ
その九。いらないものはとりあえず捨てろ
その十。シンプルに生きよ

自由ってなんだろう？

今、自由でしょうか？

自由になりたい、と誰かがつぶやきます。じゃあ、その自由とはなんでしょうね。

幕末期、英語の「リバティ」が「自由」と訳されました。

自由の「由」にはいろいろ意味があります。よりどころ、理由、いわれ、口実、趣旨、事情、手段、縁、風情……。これらの単語の前に「自らの」とつけると面白いですね。

自らのよりどころ、自らの口実、自らの事情、自らの風情……。幕末の人々がリバティという言葉を必死で考えた様子が伝わります。

現代、自由は保障されています。でも、私たちはなぜ自由を実感できないのでしょうか？　人間的欲望をそこにすべて託しているからじゃないのか。

自由という言葉には複雑な罠が張り巡らされています。「俺は自由だ。なんだってできる」と誰かが叫びます。しかしこれは大間違い。自在と自由を混同しているにすぎません。

もともと、リバティは「自在」と翻訳されたのですが、微妙に違うということになって、「自由」に落ち着きました。

「自在」とは、たとえば「相手を自分の意のままに操る」ということ。これは独裁と一緒、みんなが自在を実践すれば世界は成り立ちません。

「自由」はむしろその対極にあるのかもしれない。この限りある世界で相手との関係性を考え抜いた上で、思慮分別を伴って自らの「由」を探ること。


十代のころ、小生は無邪気に「自由」を連呼していました。「フリーダム」という曲まで作ったほどに。いい曲でしたけどね。

自由という単語はロックミュージックや詩や映画のセリフに多用されました。でも、前の世代、六〇年代のヒッピーたちが夢見たような自由はなかった。

自由というものはそう考えるととっても不自由な哲学です。自由になりたい、と思う時の「自由」とはかけ離れている気もします。

自由という哲学はむしろ人間に問いかけている。それは物欲や性欲やありとあらゆる欲望を解放することではなく、逆に、自分を見つめること。その結果としての自己の解放じゃないでしょうか。

自由をむやみに口にするのは、きっとあまりよく自分を知らないからです。

自分を突き詰めていく時に見えてくるものがあります。自分から解き放たれることが自由なのかもしれない。「自由」という言葉が人々を苦しめている気がしてならないのです。

「自由になりたい」

いいえ、あなたはそもそも自由なんですよ。

自由であるかそうでないかは、自分が決めることです。時の独裁者に拘束されたとしても、小生の思想は誰にも支配することができません。

最後のひとこと。

「自らの由を知り、自らをよしとする」

悪口に打ち勝つ十か条

その一。悪口陰口言う人間は一生変わらぬ

その二。世の中必ず悪く言う人間はいる

その三。いちいち相手にせず

その四。やがて悪口はその人に戻る

その五。口と心の悪い人間は無視
その六。悪口に悪口で返せば同じ末路
その七。悪口連鎖を断ち切れ
その八。関わる暇はない
その九。認めてくれる人たちと向き合い
その十。あなたの価値を高めよ

感謝で始め、感謝で終える

さて、最近つくづく実感することですが、やはり人間にとって言葉が大事であろう、と改めて思っている次第です。

日々、発する言葉が大きく生涯に影響を与えているのは疑いようがありません。周囲を見回しても、自身を省みても、言葉で失敗をし、言葉で命拾いをしてまいりました。

困ったことが起きると問題の根底には言葉の掛け違いや誤解や使い間違いがずらりと並んでおりますし、いいことが起きると当然そこには素晴らしい言葉たちが天使のように舞っておったわけです。

乱暴な言葉を吐き散らす人間の周りには暴力とか、犯罪とか、哀れなものばかりが集まっています。美しい言葉を丁寧に伝えている人には当然、それにふさわしい幸福、穏やかな人生、周囲との調和が寄り添っているように思います。

やはり、言葉なのです。普段の言葉遣いをちょっと気にするだけで、私たちの運気というのは上昇します。

おはよう、おやすみ、ありがとう、ごめんなさい、いってきます、おかえり、いただきます、ごちそうさまでした、さようなら、これらは何気ない日々の言葉ですが、この言葉たちを丁寧に使うだけで、いえ、むしろ自覚的に使うならば、その人生は満たされ、豊かになるはずです。

小生は息子に、

「挨拶をする時は、誰に対してもちゃんと聞こえるよう、心を込めて、丁寧に、そして元気を持って言いなさい」

と教えています。

返事が聞こえない時は真剣に叱ります。すると、言ったよ、と文句が返ってくることがありますので、取っ摑まえて、それがなぜ違うのかをきちんと教えるのです。やり過ぎでしょうか？

いいえ、これは人間が生きる上での礼儀ですから、礼儀を教えるのが親の仕事。そこさえできればあとは必要ないくらいです。挨拶がきちんとできれば徳のある人と出会うことができます。

「はじめよければ終わりよし」ということわざもあります。人生ははじまりと終わり方なのです。

立つ鳥跡を濁さず、といいますが、誰かと喧嘩別れをしたとします。その時にこそ、その人間の器の大きさがわかるのです。

立つ場所を汚すだけ汚して、恩も友情も忘れて自分のことだけ考えて飛び立つような人間の末路は見えています。どんな状況であろうと、最後をきちんとまとめることができた時、その人の一生が評価される。

誰に? それは天にです。小生、信仰はありませんが、人間ですから、天に唾を吐くこともありません。天というものは誰かでも法律でもなく自分でもない、絶対的な何かですが、人間はこの天にいつも見つめられて生きていると思うのです。

悪いことをした、と思う時がありませんか? それは天が教えてくれているのです。

「徳を積む」という言葉がありますが、これは正確には「陰徳を積む」が正しい。陰徳とは「自分の善行を言いふらすのではなく隠す」こと。人に何かをして見返りを求めるような慈善行為じゃなく、寄付をしても名前を一切あかさないようなものが陰徳といえるでしょう。

お年寄りにさっと席を譲るとか、妊婦の方の荷物を持つとか、何気ないことです。礼を受け取らずに善行をするわけですが、でも、天はちゃんと見ています。それでいいじゃないか、と思うことが陰徳です。

こっそりと善行を積めるような人間になりたいものです。小生などは自慢したがりだから、なかなかこれができずに困っております。

しかし、そのような人は多いはずです。小生たちは仙人ではありませんから、だめな時もしょっちゅうある。

そういう時にこそ、いい言葉を使えばいいのです。ありがとう、と真心を込めて相手に言えた時、天は微笑むことでしょう。一生をかけてこのことだけをやったとしても、あなたは莫大な徳を積むことになります。これが幸せに繋がるのだと小生は思うのです。

ありがとう。

いいえ、どういたしまして。

すっきりしませんか？　すがすがしくなりませんか？　そういう一生を小生は心がけたいと思います。

万が一、もめたとしても、いい言葉で乗り越えてください。汚い言葉を使えば邪気が寄ってきます。いい言葉を使う人には天使が集まってきます。

最後のひとこと。

「愛に包まれた素晴らしい日々でありますように」

人生

幸せを知る　十か条

その一。一般的幸せイメージに惑わされず

その二。友に頼られる存在であれ

その三。友達の成功を心から喜べ

その四。まず感謝

その五。人は人それぞれが基本
その六。すべて、愛を中心に
その七。大親友は絶対必要
その八。高望みしない
その九。大きな視野を持ち
その十。小さな幸せを目指せ

辛幸の法則

この原稿は十月四日の朝に書いておりますが、この日は自分の誕生日なのでありま す。
ずいぶんと長く生きてきたものだと我が人生を振り返りながらしみじみとしており ます。まもなく六十歳になるとはとても思えないので、そのギャップに驚いてもいま す。

フランス人の同年代の方と並ぶとかなり違和感がありますし、こちらでは、そもそ も実年齢を言っても信じてもらえません。とくに若い恰好をあえてしているわけでも、 美容に気を付けているわけでもなく、さらには健康のために何かをしているというこ ともないのです。

昔、顔を洗わないと言ったら週刊誌に汚いと書かれましたが、顔は今でも洗いません。フランスは水が悪いので洗うと肌がかさかさしてしまうからです。ですので、ナチュラルな化粧水をコットンに付けて拭くようにしています。

ちなみに髪の毛も毎日は洗いませんね。一週間に一度程度でしょうか。汗をかかない体質だからできることかもしれないですね。ただ、お風呂好きなので、湯船にはしょっちゅうつかりますよ。石鹸《せっけん》はめったに使いませんが……。

体は元気です。運動はしませんが、いまだに歌手活動を続けているので年に一度は小さなツアーに出ます。歌を歌うには体力がいりますから、この時期はとくに元気です。

それが終わると執筆期に入り、運動もしなくなりますし、外出もしません。お酒はたしなみますが、友達も多くないので飲み歩くことはしておりません。ある意味、規則正しい引きこもりと言えるでしょう。

シングルファーザーですから、ここ数年は家事が運動会みたいになっています。洗濯や掃除は結構体力を使いますね。家の中が汚れるのはいやですから、片付けに精一杯取り組んでおります。部屋が片付けば気分はあがります。

病は気から、といいますけど、若さも気から、です。大事なのはポジティブな思考じゃないでしょうか。ネガティブな思考をしておりますと、間違いなくネガティブな人や出来事が集まってきます。

ネガティブになれば心労が増え、当然若さに翳《かげ》りが出る。もし、若さの秘訣を教えてと言われるなら私は迷わず、ポジティブな生き方、と答えるでしょう。

負の思考はことごとく排除する癖があります。それでも生きていれば負の出来事が起こるわけですが、これを逆手にとり、はね返す時にこそ若さが宿る、と信じたりしております。

悪いことが起きると、なるほど勉強になった、次からは二度とこの間違いはするまい、と自分にいい聞かせ、素早い思考転換を心がけておりますが、これが負の思考を打破する一番の方法かと思います。

だいたい、私の場合、最悪の出来事が起こると、ここまで来たら上がるしかない、登るぞ、となぜか前向きになるお馬鹿さんなのです。どうやら「お馬鹿さん力」に救われているようなところもあるようです。

最近、「辛幸」という言葉を発明しました。しんこう、と読んでいます。もしかすると存在する言葉かもしれませんが、手持ちの辞書には載っていません。辛いことの中に幸せを見つけるという意味です。

人生には様々なことが起こります。年を取るとだいたいが辛いことです。病になったり、亡くなったりする方が周囲で増えてきます。年齢が増えれば終わりが近づくので人生も終わる方向へと向かいます。

終わりが悪いという発想自体、私は受け付けませんが、年齢が重なれば実現できなかったことへの諦めや不満から辛いことが増えてきます。私はこれをポジティブな思考で逆手にとることにしたのです。

辛いという字に、一を足すと、幸せという字になります。辛いから一つ前進をしてみなさい。一つ足してみなさい。そうすれば辛いは幸せになるのだ、と。

幸せを感じるためには辛いことがないとだめなのです。ずっと幸せな人はいませんし、それではどれが幸せだかわからなくなってしまいます。適度に幸せを感じるために私たちには「辛い」が降りかかっているわけです。

つねに、恐れず前に進めるポジティブな生き方こそが太く長く生きる秘訣だと思う昨今です。これを「辛幸の法則」と呼んでおります。

最後のひとこと。

「まだまだ若いもんには負けませぬ」

おかげ様の　十か条

その一。ご先祖さまに感謝して

その二。たまには親に電話をし

その三。隣人には笑顔忘れず

その四。親しい人にはいつもありがとう

その五。友だちのことを心配し
その六。愛するものを抱き寄せて
その七。自分の身体をいたわり
その八。たまには魂を解放して
その九。口元緩めて笑ってみたらいい
その十。世界を慈しみ、
　人類の平和を願ってみるもよし

おかげ様のおかげで今日も生きる

シングルファーザーが決定した直後、「これから本当にどうやって生きていこう」と悩みました。

これは実に恥ずかしい話、ずっと死ぬまで家族仲良くやっていけると確信していたので、途方に暮れるといいますけど、それを通り越し、その時は正直、絶望を覚えたものです。

でも、そこにはなんらかの理由があったわけですから、こちら側の思いだけではどうすることもできませんでした。その上に、子どもの親権を持つことになり、できるのか、と不安を覚え、ついには胃潰瘍になったわけです。

その年は本当に苦しい一年でした。酷い中傷記事も書かれ、ふんだりけったりで、なんでだよ、と自暴自棄を通り越し、死んでやるか、と思ったほどです。

でも、せいぜい胃潰瘍程度で済んだのは、結局、そこに息子がいたからでしょう。

息子のために生きよう。それは生きるための、その絶望から這い上がるための大きな力にもなりました。

まず、自分の生き方を改めようと決めました。自分が変わらなければ何も変わらないと思ったからです。

自分を変えるというのは、自分の成功ばかり願うのではなく、子どもの幸せを最優先させることから始めようと決めたことです。そうすればきっと今までにない何かが見えてくるのじゃないか。そのおかげで、強くなれるのじゃないか、と思ったわけです。


あれから、数年が過ぎました。今、ここにいるからこそ、振り返ることのできる日々です。小さかった子どもは私の身長を追い越し、私は彼のおさがりを着るようになりました。思春期ですし、反抗期です。おはよう、と言っても返事が戻ってこない日もあります。それでも、私は嬉しいんです。

私は息子に「おかげ様で」という気持ちを持っています。息子のおかげで今の私があるということです。

私は老いた母親に「おかげ様で」とつぶやくことがあります。母が私を支えてくれなければ今の自分などとっくにないということをやっとこの年で悟ることができたからです。

昔の私はもしかすると「自分自身の努力のたまものでこの成功があるのじゃないか?」と真剣にうぬぼれていたのかもしれない。そういう考えを持っていたからこそ、打ちのめされたのだと思います。

今の私は友人や家族や息子のおかげで生きていることをよく知っています。このことに気が付くことができただけでも、生きている意味がありました。これは人生の宝物に違いありません。

「あなたのおかげで自分がいま、生きることができている」という感謝の気持ちを持つこと。人間の基本なのじゃないか、と私は思っております。

それで思いつきました。おかげ様というのはもしかすると神様のことじゃないか、と……。

「おかげ様で」と人に言われるたびに、誰だろうと思っていたからです。そのおかげ様ですが、隠れて見えない場所におられる存在、つまりは神様なのです。仏様かもしれません。おかげ様という言葉の中には、人間をおつくりになったどこぞの神仏の姿が宿っているような気がします。

私はこの年でそのことに気が付くことができました。このように人生というものは限りなく気が付いていくものなのです。その終点はないと思います。

どんなに急いでも人間のゴールというものは決まっていると私は悟ることができました。しかし、その定まったゴールへ向かう途中でさえ、人間はまた同時に無限のゴールを手に入れているわけなのです。絶望の淵にも光があります。おかげ様を持って生きる。今、苦しい方にお伝えしたいと思いました。

最後のひとこと。

「おかげ様のおかげで、今日も、生きさせてもらっております」

人生の十か条

その一。幸せに気づかないのが不幸
その二。不幸に気づかなければ幸せ
その三。自由を選ばないから不自由
その四。不自由から逃げ出せば自由

その五。負けたくないのは意地
その六。自分に負けないのがプライド
その七。自分を否定するから絶望
その八。自分を信じ続けるから希望
その九。過去に夢見た未来が現在
その十。昨日誓った明日こそが今日！

All's Well, That Ends Well

終わりよければ全てよし、という言葉があります。これはシェークスピアの戯曲「All's Well, That Ends Well」に由来します。

多少のミスが過程にあったとしても、結果がよければ評価されてよし、というニュアンスを含んでいます。「The end crowns all」ということなのでしょう。

「結果オーライ」に似ています。「結果オーライ」は、中身はよくなかったけど、なんとかなったね、と喜んでいるだけの言葉で、過程はこの際ちょっと忘れましょう。

しかし、「終わりよければ全てよし」にはもう少し、過程に対して後悔や不満や残念を抱いています。やるべきことをやって、周到な準備をした人間が真剣に挑んで出した結果に対して言うべき言葉では、と考えているからです。

しかし、やるだけやったんだ、過程での多少のミスはもはや問題じゃありません。

よくやった。結果がすべてを物語っている、という感じです。少しだけ、未来へ希望を繋いでいる終わり方かもしれません。

一方、日本には「人事を尽くして天命を待つ」という言い方があります。やるべきことを全てやり尽くし、あとは運命を天に任せるだけ、という心境だが、思えば我が人生、いまだこれの連続です。

正直、がっかりすることの方が圧倒的に多いです。ま、今自分がやれることだけに全力を尽くす、というのは簡単そうで簡単ではないのです。いい結果は発表できるが、実は発表できない結果の方が圧倒的に多い。運を天に任せることの不条理。しかも人事を尽くした上で、です。

なんて残酷な言葉でしょうか。

人としてやれることをし尽くさなければ天命を待っちゃいけないだなんて、表現者としてはなんとも緊張させられる言葉です。

これに対して、結果より過程が大事、という言い方もあります。ちょっときれいごとに感じる、あるいは、負け惜しみっぽい言葉だが、しかし、これが時に大事になります。

子育てはまさにこれの連続と言っていいでしょう。

むしろ結果などない人生もあり、その場合、過程が全てを語る。こういう時に、過程こそがその人の生きる礎となるのです。

スポーツなどの場合は過程が大事だとわかっていても、結果が全てだったりします。金メダルじゃないとならない人にとって銀メダルは価値がないこともわからないではありません。

けれども、みんながみんな一番になることなんかできやしません。逆を言えば、その人なりの人生における金メダルを見つけられたらそれがベストです。あらゆる人間にとって大事なことは生きることをおろそかにしないということでしょう。

過程をきちんと積みあげたものには必ずそれだけの結果がついてくるということ。

幸福の形は様々なのだから、人に結果を押し付けるものでもありません。一人一人が自分の結果を見つけられることが大事です。

結果より過程が大事、という言葉は、ベストを尽くした人間にとっての真実となります。その結果に負けない過程を持った人間が結果に左右されることなく人生に屹立するのです。

足腰の弱い勝利もたくさんあるということをこの言葉は言い含んでいます。勝負事は知らんが、そもそも人生において、勝ち負けだけが全てではありません。

あらゆることを経験し尽くした人間がその最期の時に「私はけっこうよく生きたんじゃないかな」とちょっと自負できたなら、それに勝る結果はないのではないでしょうか。


最後のひとこと。

「人生に納得をし、後悔を残さないために、日々を切に生きることに尽きる」

本書は著者のTwitter（@TsujiHitonari）と著者主宰のWEBサイト「Design Stories（http://www.designstoriesinc.com/）」で連載中のコラム「人生は後始末」、そして読売新聞社が運営する健康サイト「ヨミドクタープラス（https://yomidr.yomiuri.co.jp/network/）」で連載中のエッセイ「太く長く生きる」をもとに、大幅に加筆・改変したものです。

ラクレとは…la clef=フランス語で「鍵」の意味です。
情報が氾濫するいま、時代を読み解き指針を示す
「知識の鍵」を提供します。

中公新書ラクレ
634

人《じん》生《せい》の十《じゅっ》か条《じょう》

2018年10月10日初版
2018年11月5日再版

著者……辻《つじ》 仁成《ひとなり》

発行者……松田陽三
発行所……中央公論新社
〒100-8152 東京都千代田区大手町1-7-1
電話……販売 03-5299-1730　編集 03-5299-1870
URL http://www.chuko.co.jp/

本文印刷……三晃印刷
カバー印刷……大熊整美堂
製本……小泉製本

Published by CHUOKORON-SHINSHA, INC.
Printed in Japan　ISBN978-4-12-150634-4　C1295

中公新書ラクレ　好評既刊

L585 孤独のすすめ
―人生後半の生き方

五木寛之 著

「人生後半」を生きる知恵とは、パワフルな生活をめざすのではなく、減速して生きること。「前向きに」の呪縛を捨て、無理な加速をするのではなく、精神活動は高めながらもスピードを制御する。「人生のシフトダウン＝減速」こそが、本来の老後なのです。そして、老いとともに訪れる「孤独」を恐れず、自分だけの貴重な時間をたのしむ知恵を持てるならば、「人生後半」はより豊かに、成熟した日々となります。話題のベストセラー!!

L586 アドラーをじっくり読む

岸見一郎 著

ミリオンセラー『嫌われる勇気』のヒットを受けて、アドラー心理学の関連書が矢継ぎ早に出版された。しかもビジネス、教育・育児など分野は多岐にわたっている。だが、一連の本の内容や、著者に直接寄せられた反響を見ると、誤解されている節が多々あるという。そこで本書は、アドラー自身の原著に立ち返る。その内容をダイジェストで紹介しながら、深い理解をめざす。アドラーの著作を多数翻訳した著者ならではの、完全アドラー読書案内。

L599 ハーバード日本史教室

佐藤智恵 著

世界最高の学び舎、ハーバード大学の教員や学生は日本史から何を学んでいるのか。『源氏物語』『忠臣蔵』から、城山三郎まで取り上げる一方、天皇のリーダーシップについて考えたり、和食の奥深さを学んだり……。授業には日本人も知らない日本の魅力が溢れていた。アマルティア・セン、アンドルー・ゴードン、エズラ・ヴォーゲル、ジョセフ・ナイほか。ハーバード大の教授10人のインタビューを通して、世界から見た日本の価値を再発見する一冊。